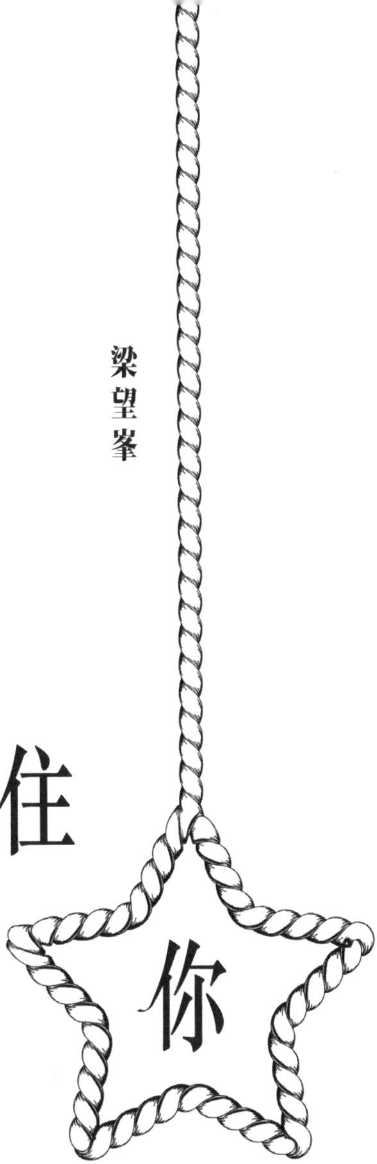

梁望峯

永遠記住你的名字

獻給思思

目錄

序幕

與世上另一個自己相遇

那就像，
玩畫鬼腳的遊戲，
抱着最終不知落在何處
的忐忑心情，
將自己置於無數交叉點上。

最後的最後，
我發覺自己是用上了一次
一輩子的好運，
不偏不倚地空降到屬於
你的終點前……

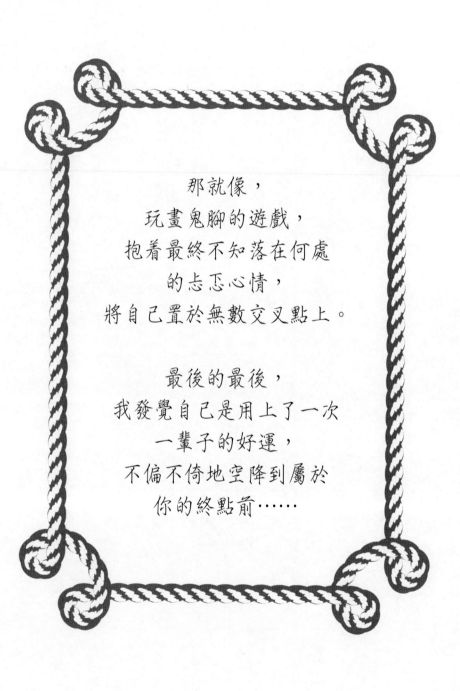

藍閱山忽然接到朋友來電，對方一開口便大呼小叫：

「藍閱山，你因何事看不開，要走去跳樓啊？」

藍閱山正坐在手機維修中心內，拿着輪候的號碼牌，等候師傅替他修理手機。他聽到這句話，大大地嚇了一跳，幾乎從椅子上摔下來。

朋友說報紙有報道此事，藍閱山急忙找一份來看，翻到港聞版內頁，在小小一角發現朋友所說的「藍閱山跳樓事件」。

每年實在有太多學生自殺輕生，如果沒有特別「賣點」，報章才懶得用珍貴的版面去報道，所以，他一下子就被標題吸引住了：

「名校校花意外墜樓 奇蹟生還僅受輕傷」

藍閱山細閱內文，終於明白朋友在取笑什麼。原來，有一個跟他同名同姓但不同性別的女生藍閱山，從香港一家著名的 Band One 學校天台掉下來，卻幸運地撞到圍着花園的鐵網，再反彈在一片草地上，由於鐵網卸去大部分衝力，她只奇蹟地骨折受傷。

他倒抽一口涼氣，心裏不禁在想，如果他這個藍閱山要跳樓，恐怕也沒她那個藍閱山般幸運吧？

他不期然覺得自己逃過一劫，同時也替命不該絕的藍閱山而擔憂。

藍閱山按着報紙上的報道，找到另一個藍閱山所住的醫院。

他捧着一束鮮花，在詢問處問了藍閱山的病房。由他口中説出自己的名字，其實相當怪異，他感覺自己好像成了一個幽靈，要分身探望臥在病牀上的自己。

藍閱山從私人病房門上的小窗往內看，確定房裏沒其他訪客，便放心推門進去。他一步一步走近牀邊，悄悄凝視着那個躺在牀前、緊閉雙目的女生。讓他大吃一驚的是，那份一向以誇張失實見稱的報紙竟然所言非虛，眼前的這個藍閱山，毫無疑問是一位校花！

單憑她恍如散發着光彩的素顏臉孔，藍閱山已斷定她是他見過最漂亮的女生。窗外的陽光從窗紗透進來，映照着她細長得不成比例的睫毛。

OMG，她真像一位睡公主，竟有那麼一刻……藍閱山巴望自己是一個可以吻醒她的王子。

他看看藍閱山包紮着重重石膏的雙腿，連他都感到那種錐心的痛，不禁深深嘆一口氣。他知道自己不宜久留，惟有把鮮花放在牀頭櫃上，正準備轉身離開時，牀上的藍閱山卻在這時張開雙眼，眼神迅即充滿防範。

「你是誰？我不認識你！」

藍閱山好像被當場逮到的小賊，想拔腿馬上逃跑，雙腳卻狠狠發軟。他用慌張的聲音，結結巴巴地說：「我們不認識，但我看了報紙報道，忍不住來看妳……」

藍閱山在病塌上掙扎着要坐起來，使勁用手肘支撐身子，盡量退向牀頭，形成一個半弓半坐的防衛姿勢。

她打量他的臉：「若你無法給我一個更有說服力的理由，恐怕難以離開這房間！」說話的同時，她一隻手已抓起放在牀邊的呼叫器，將指頭放在按鈕上。

藍閱山急起來，坦白招供：「因為，我也是藍閱山。」

「你說什麼？」

他說得再清晰一點：「我的名字也叫藍——閱——山！」

藍閱山用看高設防精神病人的眼光看他，彼此對峙了半晌，她伸出手說：「你的身分證。」

藍閱山百般無奈地取出錢包，把他的身分證抽出來。藍閱山看看身分證，再跟他的樣貌作對照，眼前的藍閱山只得掀出一個跟身分證的照片一樣哭笑不得的表情，以證實身分證上的是自己。

這時，有人推門而進，是一名雍容優雅的太太。藍閱山再一次呆住了，這位少婦年紀大約四十多歲，但她的外表散發着高貴華麗的氣質，肌膚白滑如雪，儼然是一位大美人。

藍閱山將抓着呼叫器的手縮起，也把藍閱山的身分證收在被窩下，向少婦冷淡的說：「媽，他是我的朋友。」

藍母從頭至腳打量藍閱山一遍，然後瞄瞄他校服上的校章，掀起一個冷笑，「山山，我可不知道妳有這樣的朋友。」

「妳就不可以尊重一下我的朋友嗎？」藍閱山即時發作。

藍閱山的白恤衫只扣到第三顆鈕子，恤衫下擺又翻出褲子外。藍母一臉厲色地看着他，說：「是誰不尊重自己？」

藍閱山可不是傻瓜，也不想令藍閱山難做，他馬上說：「對不起，我出去整理一下。」

他退出病房到走廊，一直怨自己太傻太天真，他跟那位闊太根本互不相識的啊，為何要道歉呢？為何要受氣兼對她千依百順？他應該揮一揮衣袖，不帶一片雲彩的一走了之啊！

可是，他還是乖乖走進廁所，把鈕子扣到上喉頭，又將恤衫塞回褲子內。他一邊喃喃地說：「神經病！那個女人比起學校的訓導主任更像訓導主任！」一邊向鏡子做了個鬼臉。

他想到自己的身分證還被扣留，但又不想妨礙那個女人探病，只好在走廊上的長椅等候，直至藍母從房間走出來，他瞧見她手上拿着他送來的花。他識相的站起來，打算歡送皇太后。藍母走到他面前，用非常冷漠的聲音說：

「雖然，我女兒視你為朋友，但你應該明白，有些人是不能高攀的。正如你讀的那所學校，永遠攀不上名校一樣。」

藍閱山恕無急才，一下子做不出反應來。但他也慶幸自己反應遲鈍，否則他說不定會衝口而出，講出一些被評為「目無尊長」的話吧？

「還有，這束花是你送的？」

「只是小小心意。」他看看她捧着的花，至少有一件事讓她欣賞吧。

「我女兒對花粉敏感。」她說：「連這個也不知道，你也算是她的朋友？」

藍閱山只覺萬箭穿心，張口結舌，完全反應不來。

「好了，年輕人，再見。」

他始終保持克制，禮貌地說：「再見。」

「只希望我們不要再見了，再見。」

話畢，藍母擦過藍閱山身邊離開。他生氣地回頭看她，只見她把花束隨手擲進垃圾筒內。

他的臉一陣紅一陣白，返回病房內，板着臉對藍閱山說：「小姐，請把身分證還給我。」

「又給我媽媽訓話了吧？」她居然失笑起來。

藍閱山一肚子怨言：「若她不想任何人來探望妳，為何不在房門外加裝欄柵……水馬也可以啊！」

「咦，你大可向她提議啊！」她繼續笑。

藍閱山只覺得這兩母女太不可理喻，他真的受夠了，伸手出去說：「身分證！」

「我藏在一個你不敢碰的地方。」

他一愣：「為什麼？」

「我要先弄明白你為何會來。」

藍閱山好像走進了那些以両當斤的海味黑店，幾乎慘叫出來：「我不是證明了，我倆同名同姓嗎？」

「老實說，我不覺得這個理由有多大的說服力。」藍閱山瞇起雙眼看他，掀出一個猾黠的笑容，「我知道，你並沒有把真相告訴我。」

藍閱山張着嘴，卻說不出一句話來，他除了沒見過及得上她漂亮的女生外，大概也沒遇過城府比她更深的。

「既然，我媽媽不喜歡你做我朋友——」她說了令他匪夷所思的話：「我們就做個朋友吧。」

他默言片刻，還是忍不住問：「妳沒幾個朋友吧？」

「為何這樣猜？」

「之前，我有一個朋友患病入院，我去探望他，只見病房放滿鮮花、葡萄適、生果等一大堆。」他老實地說：「今天，我逗留了這麼久，卻一直沒有任何朋友趕來探望妳，牀頭櫃上也是空無一物，可見妳的人緣似乎並不佳。」

藍閱山卻掀起一個毫不在意的微笑，「也許，我是一棵仙人掌，全身都長滿刺，所以，誰也不敢來接近我吧！」

藍閱山猛然想起，她是因為跳樓自殺才會躺在這裏，她大概有難以忍受的痛苦事。他覺得自己無意掀開了她深深受創的傷口，反而很不好意思。他坦言的說：「若妳會這樣形容自己……那麼，我的自我介紹就是：我是一個有感受的沙包。」

她用不明所以的表情看他。

「每個人也想接近我，只不過，目的只有一個，就是痛扁我一頓！」他苦笑着說：「最感人的是什麼？他們明知我不會反抗！」

藍閲山忽爾笑了起來，雙眼閃啊閃的：「那麼，我們不就是絕配組合嗎？」

「也對。」藍閲山點頭苦笑，不禁承認道。

「藍閲山 vs. 藍閲山，我們應該成為朋友。」

忽然之間，
我有種奇異的感覺，
我跟自己成為了
真正的朋友。

第1章

沙包和仙人掌的共通點

當你告訴我，
你全身長滿刺，
是一棵誰也不想接近的仙人掌。

然而，
我已認定你是個夢遊的睡公主，
我卻有一刻巴望自己是
那個吻醒你的王子。

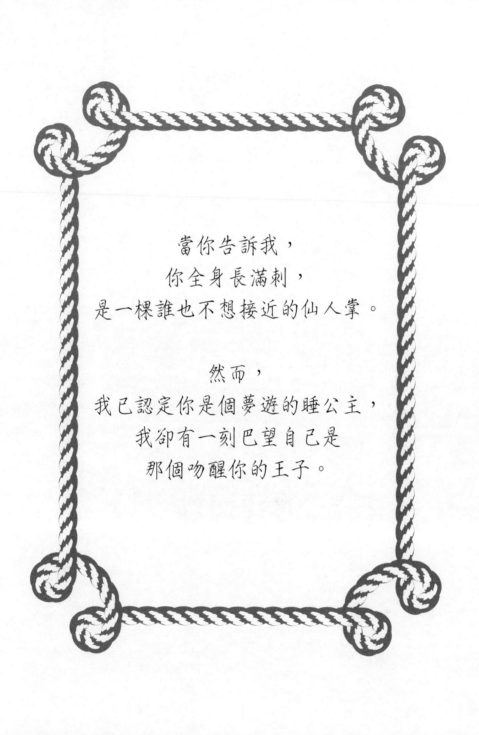

1

三個月後。

放學後，阿閱返回位於公共屋邨的家，不禁目瞪口呆。

他媽媽正跟藍母坐在餐桌前喝茶，二人談笑風生，看來十分投契。

他心裏暗叫不妙，低頭看看自己沒整理好的白恤衫，唉又被逮到了。

媽媽望向剛關上那道生銹鐵閘的他，她興奮的笑問：「阿閱，原來你有個同名同姓的朋友嗎？為何我一直不知道？」

藍閱山不懂回答。

他從沒想過把自己交了什麼朋友的這些私人事告訴家人。當然，他也無法猜到朋友的母親會突然前來家訪。

藍母臉上一直保持優雅的笑容，她總是氣定神閒：「三個月前，我女兒遇上意外入院，阿閔第一時間去探望她，我那時才知道女兒有他這位朋友。」她把臉轉向藍閔山：「我也很欣賞阿閔，他是個很有心的年輕人。」

阿閔不知那是恭維還是挖苦，他只能笑笑。

媽媽憂心地關懷藍母：「令千金沒大礙吧？」

「有心，她沒事了，已出院。」藍母搖頭笑笑，「由於，我女兒處於反叛的青春期，總是不太希望見到我這個媽媽。阿閔卻時常抽空探望她，替她解解悶，令卧在病牀的她心情轉好過來。我還沒正式向他道謝一聲呢。」

阿閔搞不清藍母話裏的是真情還是假意，但面對「表面的盛讚」，他只得謙虛笑笑，「這是做朋友的份內事罷了。」

媽媽卻恍如自己被稱讚，十分高興地如數家珍：「我這個兒子啊，心地也真是挺好的。他很小的時候，已經懂得讓座給老婆婆。還有，他當過童軍，賣旗籌款拿了小組第七名——」

阿閱即時打斷媽媽的話，尷尬地說：「媽，這些小事不用重提吧？」

「我女兒能跟令郎成為朋友，我身為媽媽也覺得很放心。」藍母笑了笑，看了鑲滿閃鑽的腕錶一眼，露出抱歉的神色，「我也阻了妳不少時間，先走了。」

媽媽想挽留藍母吃晚飯，她婉言拒絕了。當兩人送藍母出門口，阿閱關門後，終於大大呼一口氣，嘀咕地問：「她幹嘛忽然來這裏？」

媽媽興奮的情緒似乎仍未平復，她讚歎着說：「她的年紀跟我差不多，皮膚卻保養得多麼好啊！果然是上等人家，言談舉止散發着一份高貴的氣質！」

阿閱苦笑，他瞧見桌上有一個五星級酒店標誌的西餅盒，和一份包着漂亮花紙的禮物。他有理由相信，媽媽的心經已被藍母徹底俘虜了。

「藍山，你有如此優秀的朋友，你媽真是老懷大慰！」

不知怎的，他突然想起一則搞笑的報紙標題：「兒子生性病母感安慰」，但他真有種聽笑話的感覺，他是好不容易才制止自己不要翻白眼。

媽媽忽然想起什麼説道，「對啊，你朋友的媽媽是個大美人，你朋友一定也是個小美女吧？」

阿閔臉上奇怪地一紅，他聳聳肩説：「哈哈哈，不過不失啦！」

「媽媽就勸告你一句啦，你跟她做朋友就好了，千萬不要有非分之想啊！」

他聽到媽媽説得這樣煞有介事，不禁一呆，「為什麼？」

「藍太太告訴我，她一生人最大的願望，就是女兒能嫁給一個門當戶對的好男人。」

阿閔莫名其妙地不服氣，用非常認真的語氣説：「説不定我有一天會變成有錢人呢？」

「你憑什麼？」

他登時語塞，然後不甘示弱地説：「我可能會中六合彩金多寶！」

「藍山，你就聽媽媽多勸一句好了。」

「説啊！」

「你把買六合彩的錢也省下來。」媽媽說：「那麼，你每星期起碼還可以買多兩斤豬肉！」

阿閱只覺晴天霹靂。媽媽的話無疑也是事實。可是，被逼面對殘酷事實的他，卻滿心不是味兒。

2

再見到藍閱山的時候，阿閱把藍母到訪的事告訴了她。

她剛從男店員手中接過一杯中杯裝的凍 Mocha，試了一口，把膠杯遞回去，凝視着男店員說：「我不要那麼甜。」

男店員沒半句怨言，馬上倒掉了整杯咖啡，即時為她調製一杯新的。

她向阿閱微笑，彷彿早有所料地說：「這就是我媽媽的厲害之處啊！」

「不得不承認，她真的很厲害。」他呷一口咖啡沙冰，恨恨地說：「她送了兩盒珍貴的血燕給我媽，我媽差點想跟她結拜成姊妹！」

「不是錢的問題。」藍閱山掀出一個微笑，臉上有種彷如深思熟慮的表情，「她就是利用你媽瞧不起你的心態，想向你施壓，阻止我倆來往。」

「我媽沒瞧不起我！」

她橫他一眼：「那麼，試試跟你媽說要追求我啊，看她會否把你打得半死！」

阿閱縮起雙肩抿起嘴巴，想到他媽的話：「不如你省掉買六合彩的錢多買兩斤豬肉吧……」他無法不承認，她說的話可能是對的。

這時候，男店員向藍閱山遞上一杯加大裝的 Mocha，她投以詢問的眼神，男店員微笑着說：「是向妳賠罪的。」

她欣然接受，呷了一口，笑咪咪的說：「真好喝！」

冷眼旁觀的他，見男店員整個人飄飄然，好像重新找到了做人的意義。

咖啡店內滿座，阿閱見找不到座位便打算離開。藍閱山卻走到一群穿西裝的洋人面前，跟他們說了幾句他完全聽不懂的流利英語，洋人們即時坐得擠逼一點，讓出兩個座位給她。

她看看在大門前的藍閱山，用沒好氣的眼神示意他過來。他坐到她對面的座位，發現那群洋男以不友善的眼神盯着他看。

喝了半杯 Mocha，聽着室內播放的爵士音樂，藍閱山彷彿有點睡意，她托着腮的問他：「你性格那麼懦弱，怎樣找女朋友啊？」

「我不需要女朋友。」他用故作輕鬆的語氣說：「我才十七歲，忙着揮霍青春，不急於拍拖啊！」

「是不急，抑或急不來啊？」她取笑。

「我不是告訴過妳，我有過一個女朋友嗎？」他想用真憑實據說服她：「拍拖也不是什麼特別的一回事，對我來說，更加可有可無。」

「就是你向我提過的那個野蠻女友嗎？」她一臉不屑，「你什麼也聽命於她，那不叫拍拖，只是一種主僕關係！」

他不認同，「那是愛的表現！」

她也不認同，「你口中的愛的表現，就是無限量的縱容對方嗎？那就等同她派你到處打仗，偶然給你派發軍糧，你就覺得她也很愛你，其實並不……呃，殘忍但不慚愧地說句——你只是她的兵！」

阿閱被藍閱山的話傷到了，但他這次沒有急於反駁，他聽得出她的話也不是無的放矢，別有一番深意。

他開始自我懷疑地問：「所以，妳覺得，那真的不叫拍拖？」

「至少，我覺得不是。」她的神情認真得像在解剖他，「你所欠缺的，就是那種被女孩子需要的感覺。」

他想了一想，猜想着問：「妳的意思是，我應該做大男人？」

「很大程度上，就算你沒有壯闊胸膛，但你的表現變得像個男人，一定會更容易找到真•女友！」

「我的表現……真的不像男人嗎？」他很困惑。

「男人需要在關鍵的時候，幹些關鍵的事。」

他明白過來，但又不禁迷惑……關鍵？關鍵是什麼？

「好了，我們就來個假設吧……只是假設，真的別當真。」藍閬山凝望着她，用認真的語氣說：「假設，我變成一個懂得保護女人的大男人，妳會喜歡我嗎？」

藍閬山點一下頭，「理論上是如此。」

「好了，我再來另一個假設。」他問：「假設一個男人真的想追求妳，他應該做些什麼，才會令妳對他另眼相看？……又或者，正如妳說的，他在關鍵的時候，要幹些什麼關鍵的事？」

「你這個假設很有趣。」她思考着，然後環顧咖啡店內四周，笑笑說：「我想到了。」她說出一件，只要男人做了便會令她另眼相看的關鍵事。

藍閱山聽完，嚇得連下巴也幾乎掉下來，「那是不可能的啊！」

「好了，我們就來個假設吧……假設那個男人很喜歡我，他便會勇往直前，令一切的不可能增添了變數。」她望着他說：「問題是，他到底有多喜歡我？」

阿閱可以感受到藍閱山眼中的鼓勵，終於，他的意志變得堅定地說：「那就假設——他真的很喜歡妳！」

「證明給我看！」

藍閱山從椅子上彈起來，直向附近的一張枱走去。

一個看來孔武有力的男人，正在上網看 YouTube，他把手提電腦的音量開得老大，旁邊的客人不時向他投以不滿的目光，但眾人卻敢怒不敢言。

藍閱山直走到男人面前，只覺得自己腦袋充血，手腳冰冷。然後，他對男人禮貌周周地說：「先生，很抱歉，你的電腦聲浪太大了，請問一下，可把音量調細一點點嗎？」

雖然，他的表現像個親善大使，但也暗中作好了防禦，準備用葉問式的詠春推手，但願能避過男人老羞成怒而揮出的三五七拳，然後極速拔足而逃。

沒料到，男人只是抬頭看他一眼，順從地說：「哦，沒問題。」

阿閱因事態發展得太順遂而怔住了。當他走回藍閱山身邊時，沿途客人皆向他展露歡迎英雄似的微笑，他只能以乾笑接受歡迎。

他重新坐到她身邊，整個人冷靜下來，才感到雙腳正狠狠發軟，要不是褲檔仍很乾爽，他真會懷疑自己失禁了。

這時候，男人合上筆電，很快便離開咖啡店。藍閱山見狀，微笑嘉許他：「你看，那男人給你罵走了。」

他苦笑起來，「哈哈哈，不是嗎？」他不敢告訴她真相，他剛才瞄到男人的桌上放有兩張戲票，他是剛巧要趕去看電影，才會息事寧人吧。

「我說得對嗎？」她說：「說自己不可能改變的男人，也會為愛情而改變的吧？

阿閱勉強笑了笑，他明知這一次是誤打誤撞，下次可不會有那麼幸運了。

「那麼，還要繼續嗎？」

「嗯？」

「假設我對那個要追求我的男人另眼相看，並開始考慮接受他的追求。」

藍閱山用慧黠的眼神凝望着他。

阿閱呆了好半晌，他盡力掩飾自己的慾望，故作兒戲地說：「沒關係，這個遊戲太好玩了，繼續下去啊！」他知道，他即將面臨更多更可怕的冒險，但管它吧，最多戴上成人紙尿片，失禁了也不知不覺……皆因，得到美女垂青的機會，可真是萬中無一的吧。

獨自回家途中，阿閱一直偷笑。理智提醒他，這一切皆不可當真。可是，即使再不認真，他愉快的心情卻不是假裝出來的。

——那種感覺，就像藍閱山真的接受了他追求似的愉快。

這是我倆之間的一個小遊戲，
看似非常無聊，
卻不知不覺把我倆拉近了。

我心底燃起了對彼此
未來的想像，
卻同時可悲地理解到，
那個小遊戲的名稱，
本身就叫「錯覺」……

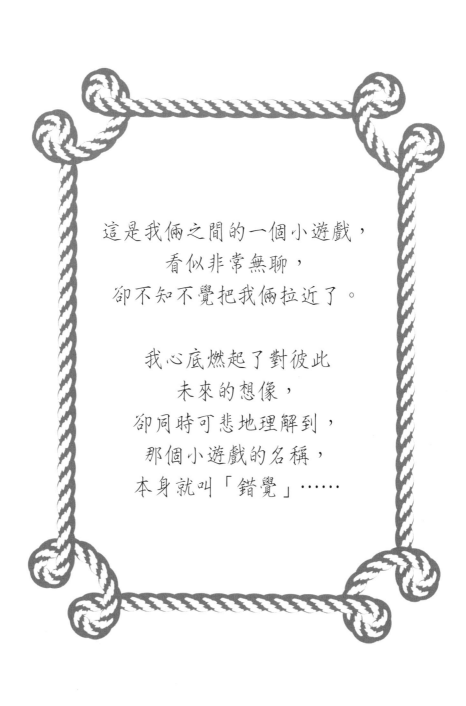

第2章

扭曲了的正義共犯

正義感，
很多時只是人多勢眾
的強詞奪理。

1

清早時分，病懨懨的阿閱被媽媽連喊了幾遍，還是賴在牀上，根本不願起來。

媽媽走過來探他前額，「阿閱，你不是生病了吧？」

他給她搞得很不耐煩，輕輕嘆了口氣，只好起牀梳洗，換過校服，吃媽媽做的火腿蛋早餐。

趁媽媽走進廁所時，他潛入她房間，在她的錢包取了幾張小面額的鈔票。媽媽走出來時，他正喝着全脂牛奶，雙眼看着電視的晨早新聞報道，一點異樣也沒有。

阿閱拖至最後一刻才出門，打算乘搭最遲的一班巴士，好讓自己在打上課鐘前的最後一刻才到達學校。這天巴士卻早到了，交通也出奇地暢通，他逼不得已提早回到了學校。

尚有半小時才打上課鐘，他想到對街的小公園殺掉時間，卻見幾群男生在公園內聚集，形跡可疑，彷彿正在幹什麼非法的勾當，教他不得不打消念頭，直接回校。

踏入聖本心書院的校門，必須路過操場，才能走往上課室的樓梯。忽然之間，一個籃球猛擊他的後腦杓，令他頭暈轉向。他用手按着頭，忍着痛楚回過頭來，學生們都在若無其事地打籃球，無法弄清誰是行兇者。

返回課室內，走向他靠窗的單人座位，卻發現自己的書枱和椅子不翼而飛，只是在前排和後排座位之間留下了一個坑。課室內的學生故意不去看阿閱，但還是忍不住不停竊笑，想探測他的即時反應。

阿閱呆呆地佇立了十秒鐘，也知道不必發問什麼了，他只得萬般無奈地轉身走出課室門口，課室內隨即爆出一陣男男女女的轟笑聲。

最後，他終於在天台的花糟旁發現了自己的桌椅，又費了好大的力氣，才把它們搬回原位。還有十分鐘才打上堂鐘，身在課室裏的阿閱，只覺得四周都是不善的目光，他還是抵受不了那種危機四伏的重壓，抱起了書包，走進男廁躲進一個廁格內，放下廁板坐在馬桶上，打算靜待上課鐘聲響起才離開。

忽然之間，一個吃剩的杯麵卻從廁格頂擲進來，縱使他及時發現，盡力的側身閃避，但狹窄的空間卻使他無處可躲，又熱又濃的湯汁弄污了他的頭髮和上半身校服，他走到洗手盆前清理，只見肩膊上還粘着幾條麵條。

2

上課的時候，Miss Woo 隨機叫學生回答問題，阿閱被抽中卻答不出來，被罰站在座位前。當她轉身在黑板上寫筆記，一枝塗改液從阿閱身後飛向黑板，發出砰一聲巨響，只差不到半呎便砸中老師。

Miss Woo 轉身面向學生，整個課室鴉雀無聲，只有四十個學生用直勾勾的眼神盯住她。老師板起臉，看着欲辯無從的阿閱，命令他下課後去找她。

下課後，阿閱走到教員室，心想今次不知將會得到怎麼樣的懲罰，Miss Woo 卻用溫和的語氣說：「我知道不是你做的。」

阿閱木然地說：「是我做的。」

「你是否做了什麼，開罪了同學？」Miss Woo 用關懷的口吻說：「你應該跟大伙兒談談，修補一下跟他們的關係。」

若有可能，阿閱真想把一切告訴老師。但他明知講多錯多，且一切即將會發生的事，仍是會繼續發生，根本是於事無補。當務之急，就是儘快解決目前的這件事。

「老師，是我做的，請隨便處罰我，我是罪有應得的啊。」

「就算真是你做的，我就當是你無心之失，你走吧！」

阿閱焦急起來，咬咬牙的說：「妳懂什麼？」

Miss Woo 用不明所以的眼神看着他。

「你一定要懲罰我，記我一個小過，或者把我罰站到傍晚，諸如此類的⋯⋯隨便妳處置，只要給我懲罰就好！」他盯住了Miss Woo，警示她說：「否則，妳會惹上麻煩！」

「你現在是命及威脅老師嗎？我自有分寸！」Miss Woo搖搖頭，堅持自己的決定正確無誤：「你現在可以離開了。」

「隨妳的便。」阿閱放棄地聳了聳肩，消極地說：「我已經提醒妳了。」

3

放學後，阿閱相約好友肥波去灣仔會展的電玩展。

兩人刻意不在假日時間前去，想避免入場時的大排長龍，另一方面，根據「玩家」肥波的說法，會場少人時，拍照會拿到更好的角度。

身穿校服、頭戴鴨舌帽的肥波，一衝進會場，第一時間用他那部專業級單鏡反光相機，近距離對着會場內每個打扮性感的女模特兒猛拍，偶爾踮起腳尖從高處拍她們的胸部，偶爾又蹲在地上拍她們的大腿，女模特兒漫不經意地彎起腰肢，或勾起短得差點見到屁股的迷你裙，他拍得樂此不疲。

見到肥波如狼似虎的狂拍，在他身旁的阿閱覺得很尷尬。他敷衍地用自己的手機拍了幾張，已覺枯燥無味。

肥波拍了幾百張照片才罷休，他高興不已地說：「這次收穫甚豐，足以抵消昂貴的入場費了！」

阿閱看看遠處售賣《變形金剛》精品的攤位，這才是他入場的目標。他雙眼發亮地說：「我們現在可看看電玩了吧？」

「我真不明白你，《變形金剛》到底有什麼好看的啊？」肥波搖搖頭，憐惜地說：「你一生的最愛柯柏文，全身皮包鐵，沒有胸部啊！」

阿閱的下巴差點掉下來。

然後，肥波說他報讀了一個裸體寫生課程，問他要不要參加，阿閱說自己毫無興趣，肥波賊賊地笑：「我相信，參加這個課程的男人，沒一個對畫畫有興趣的啦！」他愈想愈興奮的說：「最麻煩是嚴禁帶相機上課。找一天，我去鴨寮街買個針孔鏡頭，看看怎樣放在書包或藏在畫筆內！」

阿閱真想直斥他無聊兼無恥，但他又覺得這個人猥瑣得來也太搞笑，他嘲弄他說：「我終於知道你適合當什麼職業了！」

「什麼？AV 男優嗎？」肥波興致勃勃地問。

「你也太大想頭了。」他沒好氣地說：「是婦科醫生。」

「婦科醫生好啊！我也喜歡濟世為懷！」肥波興奮地說：「你有什麼老婆、女友也來看我吧！我倆一場朋友，我決定不收診金！」

阿閱幾乎要對他起飛腳，但肥波搭着他的肩笑說：「好了好了，為了證明我不是小看你的收入，我就收半價吧！」阿閲輕輕用手肘撞他的胸膛一下，肥波抱着肚子扮痛，兩人都笑了。

兩人去如廁，在洗手盆前洗手，趁着洗手間內沒其他人，肥波脱下帽子，用雙手掬水洗臉。阿閲在旁看看，肥波的頭髮差不多全禿了，頭皮上只剩下幾束像山火燎原後遺下的疏落頭髮。

阿閲不忍看下去，只好與他一同垂下頭洗臉。肥波用抹手紙抹臉後，重新戴好了鴨舌帽，兩人便出發去吃飯了。

他們找了一家價廉物美的茶餐廳，正在接受化療的肥波需要戒口，有很多食物也被禁吃。最後，他點了一個雜菜煲，而阿閲也特地選了一碟肥波可吃的馬蹄土魷蒸肉餅，讓兩人可共享。

阿閲心裏明白，什麼東西也不能吃有多難受。身為肥波的好朋友，他只好這樣不着痕跡地有難同當，不致讓肥波更難受。

等着飯菜上桌時，肥波留意着附近有一枱美女顧客，終於，看到女顧客彎下身子整理高跟鞋，肥波居然猖狂得站起了身，居高臨下地觀看走光的她。他語帶興奮地告訴阿閱，那美女的胸圍是紅色的，胸圍數字約 33B 左右，但他非常遺憾沒把握時間拍下來。

阿閱沒評語，他始終不希望自己是乘人之危的那種男人。

吃飯時，肥波問：「對啊，那個藍閱山怎樣了？」

「她還沒死。」阿閱自嘲一句：「當然，我也沒有。」

＊＊＊＊＊

三個月前，肥波致電給他，大呼小叫的：「藍閱山，你因何事看不開，要走去跳樓啊？」讓他突然注意到這世上還有另一個女版藍閱山。否則，沒閱報習慣的他，大概永遠不會知道有這件事、有這個人。

「老實說，那簡直是恐怖片的情節！」咬着肉餅，滿嘴是油的肥波，嘩啦嘩啦的說：「我記得那天翻開報紙一看，真的嚇得屎滾尿流！我有一刻真以為你跳樓了！最嚇人的是什麼？是你居然奇蹟不死！我打電話給你，你多悠閒的接聽電話啊！」

「一場朋友，你就放過我吧！」藍閱山無奈苦笑，「萬一我真的去跳樓，身為好朋友的你，一定不會像閒人那樣，在報紙上才讀到我的死訊。」

「呃？真的嗎？」肥波半信半疑。

「對你不尊重嘛！」阿閱老老實實的說：「在我死前，一定會傳一個 Whatsapp 通知你。」

「我都感動到想哭了！」肥波露出一副哭喪着臉的表情，然後，又燦爛地笑，「那麼，我等你的死亡訊息囉！」

阿閱沒好氣地說：「我快被你氣死了，現在就傳給你！」他拿起放在餐桌上的手機。

肥波也拿起手機，挖苦着說：「好啊，你一早寫定遺言了嗎？我等着接收啊！」

阿閱按了幾個鍵，威脅說：「我要傳送了！」

肥波捧着手機，金睛火眼地盯着熒幕說：「死神來了！我興奮到想拉屎！」

這時候，雜菜煲上桌了，兩人被蝦米的湯頭香味吸引，雙雙放下了手機，不再嬉笑。吃着熱騰騰的雜菜，肥波又興趣滿滿的展開話題：

「對啊，你跟那個女版藍閱山在玩什麼『假設我倆拍拖了』的遊戲，你總不會以為，你倆會玩出真感情來吧？」

「只是遊戲。」他強調一遍：「朋友之間的一場遊戲而已。」

「自問高攀不起啦？」肥波饒有深意的盯他一眼。

「你就不要提醒我好了，我會自量！」面對老友，阿閱倒是老老實實的：「再說下去，我的心會碎。」

「你把她形容得又美麗又有仙氣，找一天，你帶她出來給我見見啊。」

「她又不是我女友，怎樣『帶出來見』？」

「就當作偶然遇上啊！」

不知怎地，阿閱莫名地生氣起來：「免啦！偶遇你這個變態佬，只會想盡辦法偷窺人家走光！你給的評語，若不是『34C』，就是『岩石胸』！」

「噢！那都是極佳的評語啊！」肥波瞪大雙眼的說：「好東西就該拿出來分享，不要自私自利嘛！正所謂『來時無一物，鹹片帶不走』啊！」

阿閱無可奈何地翻了翻白眼，這個死肥波若生於古代，鐵定是個淫賊之首！

4

不出所料，不肯處罰阿閱的 Miss Woo，很快遭到學生們的處罰。

翌日早上，阿閱一踏入學校門口，馬上收到一則由陌生號碼傳來的手機訊息：

「獨家消息！胡X雯老師七年前做過援助交際，潛伏的愛滋病毒開始爆發！各同學要小心！務請轉發此短訊！」

阿閱慘笑一下，第二個短訊馬上又來：

「各位同學，我有個當護士的親友，她向我證實胡凱X老師上星期到醫院取藥！她的身體已出現潰爛的跡象，恐防大限已到，大家切記要跟她保持着安全距離啊！」

阿閱知道，只要去買幾張全新的儲值電話卡（俗稱「太空咭」），誰也可以大玩這種把戲，根本無法追溯到源頭。

早上第一課，就是Miss Woo的課。阿閱如常在上課鐘響過後才踏進課室，當他慶幸自己的書枱椅子尚在，他卻乍然發現眾人已為作弄老師而準備好道具，他心裏暗暗叫苦，想要制止也太遲了。

Miss Woo甫進課室，便看見教桌上放着一個寫着「愛滋病者關懷募款箱」的曲奇餅鐵盒，裏面放着幾枚一元和五元硬幣。Miss Woo當然也有收到短訊，當她憤而伸手拿起盒子之際，眾同學紛紛搖頭，深深嘆息。

「是誰做的？」Miss Woo 一張臉脹成了血紅，她憤然地質問最前排的一名女生：「妳說！」

阿閱瞧見坐在中排座位的一個男生，已在桌下偷偷擺好了手機，把鏡頭對準老師，準備把全程錄影下來。阿閱心裏在重重嘆氣，但他卻無法提醒 Miss Woo，她接下來的每一句說話、每個舉動，即將都會被放上網絡去，給各大網民進行無情的超起底及公審。

「我們全班同學回來時，盒子已放在這裏了。」女生慢吞吞地戴起了口罩，向着只相隔一張教桌的老師，狀甚恐懼地問：「對啊，Miss Woo，妳的身體真的沒大礙嗎？」

配合着女生的行動，坐在前排的學生也逐一戴起口罩，彷如面對恐怖的帶菌者。

Miss Woo 明知不可能揪出真兇，但也無法獨力對抗全班共犯，只好把鐵盒連同硬幣用力擲進垃圾箱內，發洩心頭之憤。

一把男生的聲音響起：「老師，妳不要發怒了，抵抗力會下降的啊！」

一把女聲也說：「我們會勤力讀書的了，老師，妳也要好好照顧身體！希望妳有機會出席我們的畢業禮！」

然後，班上的學生，皆一致露出了痛失良師似的虛假表情。

阿閱冷漠地看着眾人一致的行動，他忽然明白，即使他剛才來得及阻止，但真的可以阻止嗎？要是誰替 Miss Woo 出頭，那個募款箱，明早便會落到他／她的桌上！

小息時分，Miss Woo 被傳召進校長室。小息過後，Miss Woo 在接下來的課堂缺席，從校務處得到的消息，Miss Woo 被暫時停職。

阿閱一直默不作聲，忍受着罪孽的煎熬。第二次放小息時，他終於按捺不了，走到課室的最後排，對一名被大群同學圍攏着、正談論着最新手機功能的女生說：「Colour，我有話想跟妳單獨一談。」

Colour 抬起頭，瞄了阿閱一眼，彷彿早已料到他會來，她微笑着說：「好啊，跟我去殘廁 Gathering！」

各人聞言，饒有意味地鄙笑起來。

阿閱有求於人，再壞的條件也得接受，他硬着頭皮點一下頭。

走到學校內唯一一個傷殘人士廁所內，拿着化妝袋的 Colour，一走進就把門口鎖上，她走到洗手盆前的面鏡前，一邊撥着長髮，一邊問他：「你想談什麼？說吧！」

「妳明知 Miss Woo 是個具正義感的年輕老師，這種好老師也是在唯利是圖的社會上已買少見少，你們玩弄她一下便算了，沒必要逼走她吧？」

「你能證實她沒有愛滋病嗎？」Colour 從鏡中盯着站在斜後方的他。

阿閱苦澀一笑，他不想跟她胡鬧地糾纏，他直截了當的說：「就當我請求妳吧，你們已狠狠地『懲罰』了她，請替她出面澄清一下，別害得她連工作也沒了。」

Colour 扭開一個眉掃的木柄，從裏面掏出兩粒白色的藥丸，問他：「你要嗎？」

他一臉木然地搖搖頭，她牽牽嘴角地說：「既然只是無根無據的流言，她應該一笑置之，為何要在全班同學面前發難呢？如果她真的被辭職，也是自取滅亡。」她把兩顆丸子一併吞下，輕鬆地說：「很遺憾，我幫不到你。」

「妳太過分了！」

「不，是你太善良了。」

一陣苦澀味，從藍閱山的喉頭湧出，他實在不吐不快：

「我真痛恨自己當時幫了妳！如果給我多一次機會，我必定會棄妳的死活於不顧！」

Colour 側着頭，彷彿好好地想了想他的話，然後，一臉遺憾地說：

「唉，真可惜，你已經沒有那個機會了。」

藍閱山心裏有堆積如山的憤怒，即使是他自己被欺凌至此，也從沒這樣生氣過。他用力一腳踢在一把地上的通渠棍上，把它踢到牆角，發出砰一聲巨響。

「你要明白，我對你已手下留情了。」Colour 看着他的瘋相，臉上無半分懼色，有恃無恐地說：「要是我高聲大喊非禮，你的處境會非常不妙的吧？」

「很抱歉，但我必須提醒妳，就算我真的非禮妳，妳也不會叫出聲來。」

Colour 用挑戰的眼神看他，微微一笑並示意他說下去。

「萬一妳玩得太過火，我會給校方勒令停學，你們便會失去一個最有趣的玩弄對象了。」阿閱用直勾勾的眼神看她，用冷酷的語氣說：「到了那時候，你們便會在班上挑出另一個欺負的對象。就像拋出了一枚無從預測路向的回力標，不知最終會砸向誰，有可能是課室內任何一個同學，但也有可能回到妳頭上。所以，無論我對妳做什麼，妳也會包庇我，不敢作聲！」

「哎呀，居然給你發現了這個要點，原來你也不太笨！」Colour 一臉欣賞的看他，把雙手疊在身後，露出少女的媚笑，「那麼，你準備向我做什麼嗎？」她一連踏前兩步，把豐滿的胸部移近他胸前。

「不，妳太讓我噁心了。」阿閱一臉失望的看她，「很難再叫我對妳做什麼！」他用力地搖搖頭，扭開了門把，第一時間走出了殘廁。

Colour 臉上一直保持微笑，目送這個可愛的傻瓜揚長而去。

有時候，
見到單純善良的人，
我會回憶起曾經的自己。

到底從何時開始，
我鄙視那種不經修飾的真情？
然後，
變身成了我曾經最鄙視
的那種人？

第3章

輕佻死一次，痛苦活下來

在六層樓的高度躍下到地面，
需時大約 2.14 秒。

若是頭部先着地，
衝擊力足以令頭顱爆裂，
腦漿和血塊會濺出十數米之外。

我沒想過自己最後會變成怎樣，
我只擔心在那墮落的 2.14 秒裏，
萬一我突然反悔怎麼辦……

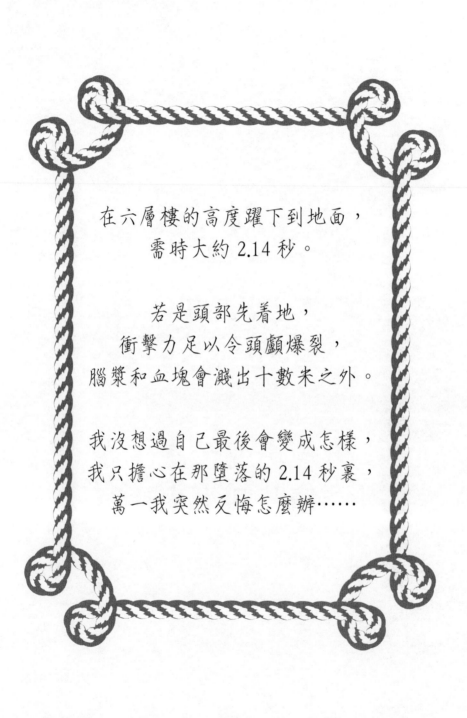

1

經過數月的休養，藍閱山待傷勢一好轉，便如常上學去。

返回校園後，她可感覺到同學們皆對她保持一份陌生的親切。大家沒有對她煞有介事的問候，卻又過分刻意地扮作若無其事。

她嘗試易地而處，分析眾人的心理。對大家來說，從六層樓高的天台掉下，卻沒有跌個肢離破碎的她，可真算是一項神蹟。所以，眾人還未真正接受到大難不死的藍閱山又活生生地回來了吧。

一直以來，男生們皆對她恭維謙讓，再老實點說吧，他們都是臣服於她的美貌之下。她樂得享受這種無聊的優待，但對誰都不曾動情，甚至乎，她也沒什麼感恩之心。

當她重回學校後，卻感到每個男生都變得不敢輕舉妄動，甚至連主動接近她的人也少了，似乎害怕她一受到什麼刺激，便會想到再跳樓去。

她真如自己所願的，成了一棵帶刺的仙人掌。

可是，她反而更珍惜現今這一刻的處境。

誰也不敢去接近她，她也不必再時常舉起「請勿騷擾」的牌子。她覺得自己終於回到過去——雖然，過了那麼久以後，她再也弄不清楚，自己是喜歡那時候的自己，抑或討厭那時候的自己。

******

有一天小息，藍閱山步上久未踏足的天台。

在天台流連的幾個學生們，見到這位校內的「名人」，紛紛面帶慌張地離開天台迴避，唯恐自己會成為親眼看到她再次跳樓的目擊證人，那就惹禍上身。

只有一個男生例外，他叫陸本木。

正坐在天台花糟旁邊吃着咖喱海鮮杯麵的陸本木，若無其事地繼續吃着手中的麵。

回想起當天，藍閱山跳樓之前，最後跟她說話的就是陸本木。

*****

幾個月前，陸本木第一次在學校天台見到藍閱山，是他於小息時蹲在天台一個隱蔽的角落抽煙，他遠遠瞧見同級不同班的A班美女校花藍閱山也上天台來了，她並沒有發現躲在一角的他，逕自走到天台的欄杆前。

陸本木不動聲息的抽着煙，遠遠看着藍閱山，她把身子盡量貼近高度及腰的欄杆，抬起臉閉上雙眼彷彿在吸收着燦爛的陽光一樣，本來已有四十吋長腿的她再踮起腳尖，上半個身子就這樣越出了半空。

在陸本木這個角度看來，她活像一頭形態優美的飛鳥，唯一不同只是欠缺了一對展開的翅膀。他害怕藍閱山會失平衡掉下去，但他更不願放棄手中燃着的半根煙，只好使勁再抽了幾口，把煙蒂隨手在牆壁上擠熄，噴了長長的一口煙霧後，眼見她依然健在，才往她的方向散步過去，在距離她兩個人的身位前挨住欄杆。

「喂，妳在幹什麼？跳樓？」

藍閱山聽到了聲音，才慢慢張開雙眼，側過頭去看看來者何人。她見到是B班的陸本木，兩人算是點頭之交，她便向他輕輕點一下頭，「嗯，在準備。」

「妳跳樓的時候，可以讓我拍一段手機的獨家短片嗎？應該可用很高的價錢賣給電視台啊！」

藍閱山瞇起雙眼，把目光往下望，並沒有回答他，她恍如詢問着他又像自問着說：

「如果腳先落地，會不會死不掉，只斷了腳？」

陸本木也盯盯六層樓下的地面，「也有這個可能。」

「有辦法保證頭部先落地嗎？」

「難度很高吧！又不是高台跳水！」

「太可惜了。」

「喂，妳不是真的準備跳樓吧？」陸本木有一陣很不祥的預感，彷彿這是一場事先張揚的自殺事件，他猛瞪了她一眼。

藍閱山冷冷瞪了他一眼，「關你什麼事？」

陸本木怪叫了一句：「妳怎知道我不想跳？」

藍閱山沒好氣，「白痴，走開！」

「OK。」陸本木轉過身欲走開，對啊，人家要不要自殺又與他何干？但他記得幾個月前，透過班與班之間的流傳，他知道這位校花不知何故的給剃刀劃傷了臉，傷得不算淺，他不知她是否因此事而耿耿於懷。

於是，他還是回了頭，看到她左頰上仍留着一道淡淡的傷痕。

陸本木：「喂。」

「又怎樣了？」

「說真的，妳臉上的傷已好了七八成，疤痕已不太明顯的啦！如果妳要為這個而走去自殺，妳還是少擔心吧！……在可見的將來，就算妳不幸地毀了容、破了相，全身上下只露出了一根尾指，就憑妳那根尾指的美貌，也足夠在這所學校內橫行無忌了……妳放心啦！」

藍閱山忽然用左眼瞄瞄右邊胸下說：「在這裏。」

「什麼？」

「那道傷疤。」她用怪異的眼神直勾勾地看他：「你這種人是不會明白的。」

「可以給我看看嗎？」陸本木看看她堅挺的胸部，大可能有 33.5C 或以上吧？他舔了舔下唇，舉起三隻手指，故意要惹她更討厭的說：「我發誓，眼看手不動的啦！」

「白痴，滾開啦！」藍閱山不慍不火地冷笑。

陸本木笑嘻嘻的離開，他搞一下笑，總令她的心情變好一點了吧。

之後，當陸本木再次上學校天台，又見藍閱山正在欄杆前踮起腳尖，上半身伸出半空，彷彿隨時就要失去平衡往下掉，讓他看得心寒。

他跑到藍閱山身後時，問她：「喂，又想跳樓啊？」

藍閱山看看他，沒好氣地答：「我一次也沒跳過，怎樣『又』跳樓了？」

「也對，我有語言障礙，請原諒我。」他沒趣地問：「妳的自殺計劃怎樣了？」

「就在今天。」

「今天是什麼良辰吉日嗎？」他覺況她說笑。

「不，只因今天天氣實在太好。」

他抬頭望向天空，這天的天色的確藍得有點不尋常。他怪叫着說：「妳真是怪人，居然在如此晴朗的太陽下自殺？」

「我下次『又』跳樓時，就選個下雨天吧！」

這個A班的美女校花啊，美貌固然是有，但她真的太難相處了吧？陸本木說不下去，只能苦笑着說：「那麼，妳繼續……跳樓，我不阻妳了。」

當他正要轉身離開，她卻喚住他：「你不是想拍嗎？」

「拍什麼？」他不明白。

「你上次說過，我跳樓的時候，你想用手機拍一段獨家短片，賣給電視台。」她說：「你現在可以開機了。」

陸本木發呆了幾秒鐘，隨口地說：「我沒帶手機，改約妳下次啦！」這時候，他校褸內的手機卻不爭氣地響起來，他非常無奈，走開一邊接聽。

然後，他剛好錯過藍閱山從他身後疾墮而下的一幕，直至地面傳來學生們的連串恐怖尖叫聲。

*****

三個月後，奇蹟生還的藍閱山回校了，陸本木見她慢慢走近當日墮樓的那道欄杆，他捧着杯麵走向她，去她身旁搭訕。

「校花妳好！很久不見了！」

她側着臉盯了陸本木一下，第一句話就是恐嚇他：「你不怕我又跳下去嗎？」

「妳不會再跳一次的了。」

陸本木用相當肯定的語氣說。

藍閱山心裏有一陣驚訝，她不知為何他會猜度到她的心情，但她一向也不甘示弱，所以，既不承認也不否認，只是回以一個冷笑。

他突然說了一句：「我覺得妳做得不對。」

「什麼？」

「妳真不該說自己是跳樓，說只是不小心墮樓，不是皆大歡喜嗎？」陸本木說：「雖然，就算妳再說自己跳樓，大家還是覺得妳只是在苦中作樂地開玩笑，但每個人不免心有芥蒂，害怕親近妳了啊！唯恐妳又會受到什麼刺激，自己無端端地變了殺人兇手！」

她驚訝於陸本木的一語中的，那跟她心裏想法一致，他道明了大伙兒對她避之則吉的原因。

她口裏卻在逞強：「我跳樓就跳樓了，那又如何？」

「校花也鬧自殺，其他女生還用活嗎？」陸本木搖頭苦笑，「妳是全校公認的校花，某程度也是個榜樣，不如轉攻治癒系嘛！呃呃呃，妳可把V字手勢放在單起的電眼前，稍微伸出淘氣的小舌頭，用上方四十度的自拍一張，不就人見人愛、車見車載了嗎？」

「去你的淘氣小舌頭，滾開啦！」她給他煩死了。

「好，我馬上滾開！妳息怒，不要氣得再跳樓就是啦！」

陸本木就像一隻蟹，打橫走往另一端的欄杆，繼續吃他的杯麵去了。

藍閱山用雙手按着欄杆，靜靜看着外面的風景，毫無疑問，這所 Band One 學校的環境實在有夠優越，從這裏可看到很遠很遠的景觀，沒什麼高樓大廈阻擋視線，天空上有不同形狀的白雲，彷如一幅抽象畫。

可是，她的心卻被一層一望無際的寂寞感遮蔽着，以至視線逐漸模糊。

「喂。」

陸本木在遠處的叫聲，把思想混亂一片的她喚回來，她轉向他，不耐煩的問：「又怎樣？」

「只想補充一下。」陸本木看着她說：「這個世界沒什麼好，就是人口多得爆炸，你遇上什麼困擾，總可找到個人聽你吐苦水，生命沒 Take two，不要再鑽牛角尖了！」

雖然，陸本木把話說得盡量搞笑，但藍閱山仍是可感覺到他的苦口婆心。

她猛瞅他一眼，「你何不繼續吃你的麵？小心咽死！」

「多謝提醒，我會小心的啦！」他好像完成一件大事般，神情輕鬆的繼續迎風吃杯麵去了。

事實上，陸本木說中了，這儼然是藍閱山 Take two 的生命，她已經提不起勇氣再跳一次……是的，終此一生也不會再跳了。

那是因為，她經已輕佻地死過一次，她註定要繼續痛苦地活下去。

2

藍閱山生長在一個小富之家。

父親是事業有成的工程師，香港有很多大型建築工程，都是出自其手。母親很早便嫁給了父親，從未試過踏入社會工作。家裏有三名菲傭，她無須處理任何家務。家門前有個小花園，停了四部車。父親聘了一名全職的私人司機，母親喜歡去哪裏，只要開句聲便可以。

才四十歲出頭的父親，樣貌英俊不凡，最愛的是名車。他收藏的跑車有四部，包括法拉利、林寶堅尼、Maserati和保時捷。近年令他最高興的事，就是在重重拜託之下，訂到全球限量版的法拉利，雖然索價過千萬，他卻連議價也沒有，拿着裝滿兩個旅行袋的現鈔便去付款。

按照市場規律，事業有成、英俊有錢的父親，沒可能不是個花花公子，發生婚外情也是等閒事，而這樣也只會更彰顯出他的成就。可是，父親卻是個愛家也愛老婆的絕世好男人。在工作以外的大部分時間，他若非留在家中的影音室，便是駕着跑車跟媽媽到處兜風遊樂。結婚十八年了，兩人還是像熱戀的情侶般恩愛。

身為獨女的藍閱山，卻一直覺得這個家太圓滿了，美滿得近乎不正常。

她一直希望能發現什麼蛛絲馬跡，證明這個幸福之家只是表面的假像。可是，她發掘得愈深，愈發現父母果真恩愛如昔。這反而讓她徹底地失望，因為，她連那種身為破碎家庭悲劇苦主的抱怨資格也失去了。

一年總有兩三趟，父親會帶同她出席社交晚會。毫無疑問，穿起禮服和晚裝的父母親，簡直有如一對明星情侶。藍閱山也會穿上露肩晚裝短裙，令她活像一位公主。

當全家一起出巡，輕易便能吸引全場的目光，鎂光燈閃得讓人頭昏眼花。

每一次，總有很多認識和不認識的人走過來跟父親握手攀談，除了稱讚媽媽漂亮外，看見藍閱山時也會情不自禁地驚歎：「真想不到，山山長大後會那麼漂亮啊！」或「只有你們兩夫妻，才能生下這個美若天仙的女兒，她將來一定是選美冠軍！」她最討厭聽到這些無聊話，總是以冷笑應對。

近這一兩年，每逢有這些晚會，她都會藉詞推卻。父親知道她不喜歡，多叫兩三次，也就不強逼她了。如果說，她近年有什麼值得慶幸的事，大概就是不用再出席這些假惺惺的聚會，和一整晚都穿着那身不舒服的漂亮衣裳吧。

深夜時分，藍閱山又是慣性失眠，在牀上輾轉反側了個多小時後，她披上睡袍，走到家門外的小花園散步。她見到赤膊的父親，在小花園旁的車房前勤奮地清洗他的新寵法拉利，嘴裏哼着莫扎特的曲子。

藍閱山呆看這一幕，忽然莫名其妙的生氣起來，直走到他面前，說：「你在幹什麼？」

「洗車囉！」父親的神情非常輕鬆。

「為什麼不叫工人洗？」

「我在跟它建立感情啊。」他輕輕撫着流線型的黑色車身，用憐惜的語氣說：「如果我疼錫這輛車，就該讓它知道。」

神經病。

「爸，它只是死物。」

「妳不會明白，每次發動引擎，我也覺得它活起來了。」父親的眼神裏有一種執迷的狂熱。

藍閱山看着這個不煙不酒不好色的父親，他的興趣就只有影音器材和跑車。忽然之間，她對自己身為這個男人的女兒而感到悲哀，甚至乎，她覺得自己的父親根本不配稱為一個男人。

她不發一言，縮回自己的被窩裏去，睜大雙眼看着窗外無星無雲的夜空，整個人陷進了深不見底的漆黑中。

3

傍晚時分，放學後流連了一會才回家的藍閱山，在客廳看見前來探望母親的楚阿姨。她倆是大學同學，友情橫跨十幾年。

楚阿姨是紅極一時的電影女星，現已息影。還有的是，楚阿姨的女兒也是她的同班同學，但楚阿姨卻一直沒有向她女兒透露她倆媽媽相識的事，讓藍閱山一直搞不清因由。

在媽媽面前，藍閱山對楚阿姨淡淡地打了個招呼，便逕自返回閣樓的房間去了。十分鐘後，房門外傳來了敲門聲。一如她所料，熱情的楚阿姨會上來找她，她對藍閔山一直愛護有加，然而，藍閔山卻一直抗拒，不太想領情。

趁母親不在，楚阿姨憐惜地看着藍閔山，用力握緊她的手，苦口婆心地勸道：

「山山，妳以後不要再傷害自己，不要嚇壞楚阿姨和妳媽了，好嗎？」

藍閔山很害怕熱情的人，也可以說，別人愈是表現得熱情，愈顯得她的冷漠。她倔強地說：「我沒法向任何人保證。」

楚阿姨深深嘆了口氣，她從小便看着藍閔山長大，對她們家的事可謂瞭如指掌。她好言地勸說：

「我知道，妳小時候跟父母有些積怨，但妳應該體諒他們，或者說……妳就試着原諒他們吧。因為，妳始終是他倆最疼愛的女兒啊。」

「已經不是了。」藍閔山用力咬一下牙，一臉木然的說：「他們的女兒一早死了，我已經不是她！」

楚阿姨靜默了一刻，努力想要設身處地體諒她的心情。她乾笑一下問：「如果他們的女兒一早死了，那麼，妳以為自己是誰呢？」

「我是怪物。」藍閱山望向落地玻璃窗反映出的自己，她聽見自己用沒有抑揚頓挫的聲音說：「我是他們製造出來的怪物。」

然後，她瞧見這頭怪物，向她掀起了一個陰森的微笑。

所有人都害怕恐怖的怪物，
但是，
可曾想過一件事？

在他們眼中，
我們也只是另一頭恐怖怪物而已。

原來，
只要跟自己的面貌有所不同，
便足已構成驚嚇與傷害……

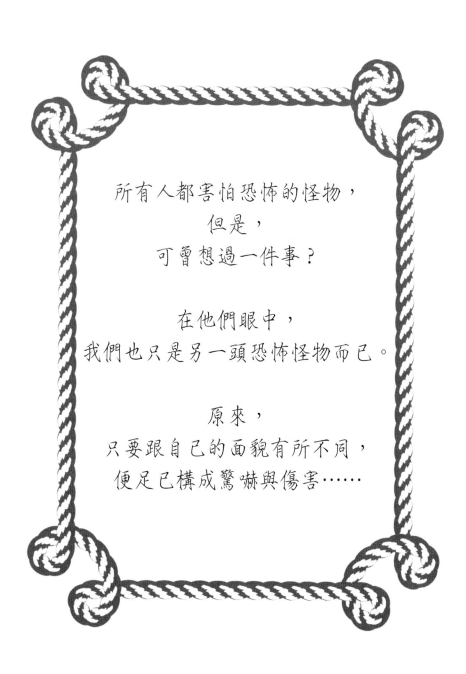

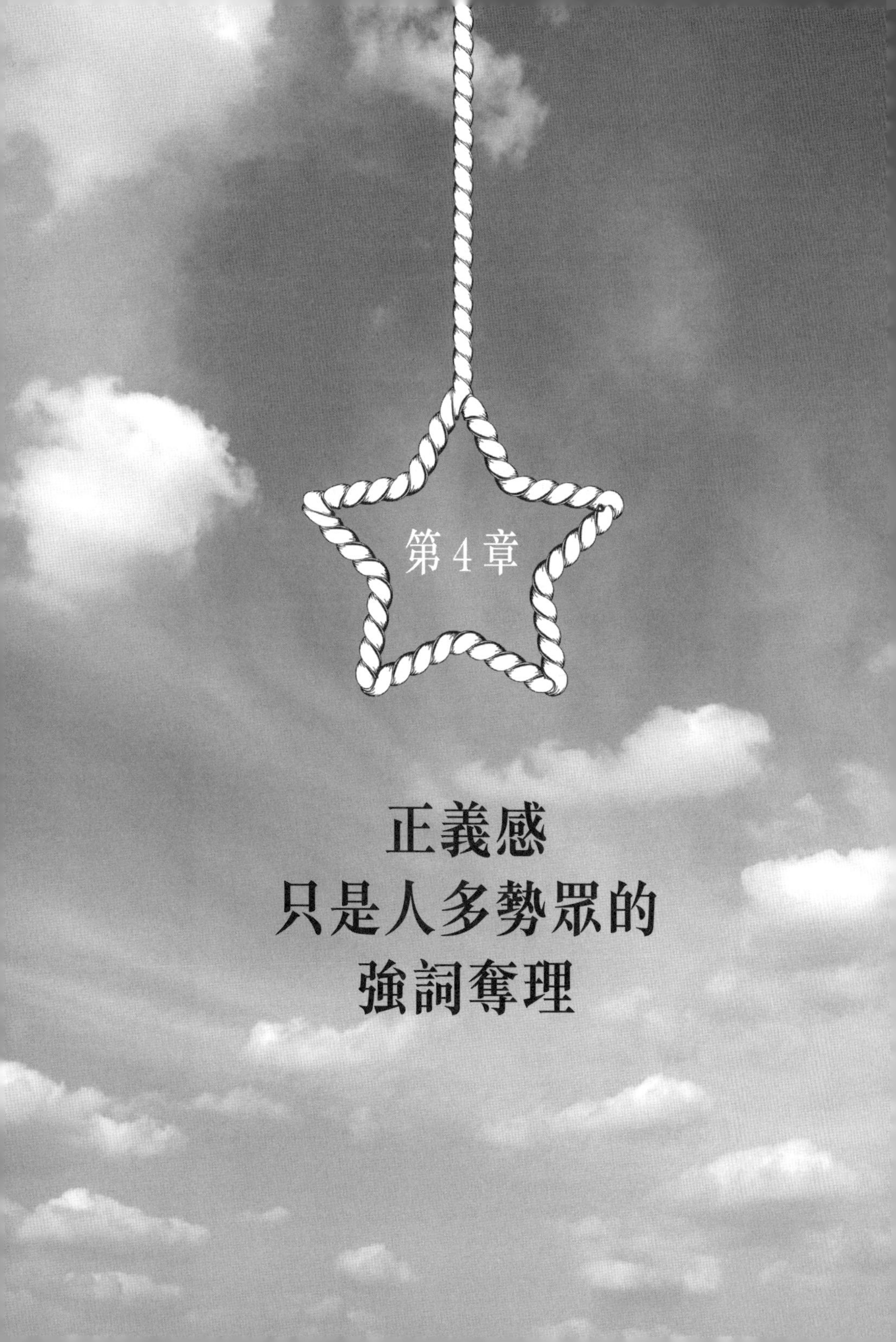

第4章

正義感
只是人多勢眾的
強詞奪理

這是一個像哈哈鏡影像般
扭曲的年代，
所謂的正義感，
只是人多勢眾的強詞奪理。

而欺凌也是這麼一回事，
只要有足夠的共犯，
終會變成為民除害般
光明正大……

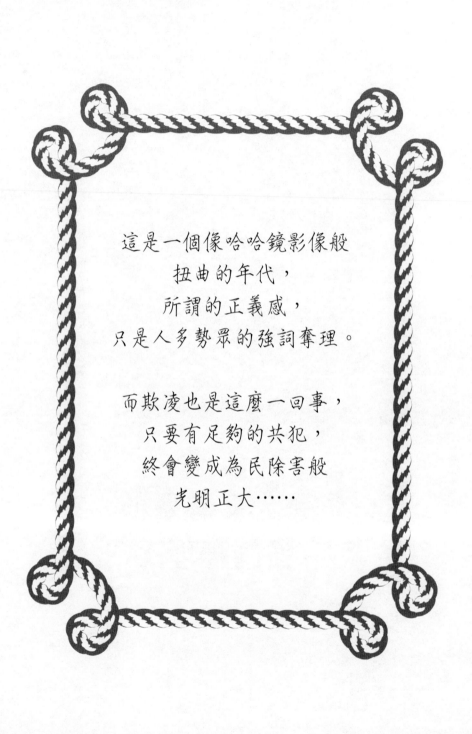

1

再見藍閱山的時候，阿閱的情緒很低落。

他一開始支支吾吾，後來把話說開了，就像壞掉了關不上的水喉，愈說便愈多，愈說便愈激動，將所有事嘩啦嘩啦告訴了她，說他連累一個關心學生的好老師被逼辭職。

藍閱山咬着 MOS Burger 的厚切薯條，說得一派輕鬆：「這些事很平常啊。」

阿閱幾乎從椅子上掉下來，手上的汽水也差點拿不穩：「很平常？」

「學生玩弄老師這種事，不單只在你的 Band 3 學校才會發生吧？舉個例，我念的那間 Band 1 學校，大部分學生都屬於金字塔上方的高材生，若老師教得不好，還會給當面羞辱。」藍閱山說：「面對專業被質疑，我校的老師尚可捱過；你的老師要面對的，一看就知是無聊之極的謠言，動輒嚷着要辭職，只能怨自己不夠堅強了吧！」

「不夠堅強？堅強又能怎麼樣？」他聽得很不舒服，挪動一下身子，反駁說：「難道要公布驗身報告，證明自己沒有愛滋病嗎？」

「如果她真夠堅強，什麼都不必做，沉住氣繼續教書好了，過三五七天，她的傳聞會被另一則更有趣的新傳聞蓋過。」

雖然，阿閱並不表讚同，但眼前的藍閱山，有着一股深沉的冷靜，讓他也懷疑自己是否不該懷疑她。出奇的是，她的話與 Colour 所說的話如出一轍，讓語氣和神情皆很激動的他，自覺像個傻瓜。

她盯他一眼說：「你真正要擔心的，反而是你自己。」

阿閱沉默了下來，不知她因何這樣說。

「我實在無法想像，你為何會被一個女生欺負。」她用一副失望的神情看他，「雖然，你全無霸氣，永遠做不到校內的惡霸；但你也不像是個會被欺凌的弱勢毒男。所以，我一直以為，你在學校裏，應該是個混得不錯的渾蛋啊！」

「我也寧願自己是個混得不錯的渾蛋，可是，我太多管閒事了。」阿閱的傷不經意地被掀開，他落寞地自嘲一句：「所以，我才變成了眾矢之的。」

藍閱山就坐在他對面，她可輕易感受到他的懊悔與失望。

「到底發生什麼事了？」

他揮一下手，「算了吧，我不想舊事重提。」

「那麼，你一開始就不該告訴我你連累一個關心學生的好老師被逼辭職！」她表達了不滿。

阿閱想想也對，事出必有因，他說出了後面的劇情，卻拒絕交待前文提要，只會令藍閱山摸不着頭腦，甚至誤會了他。

何況，他真不想舊事重提嗎？不，他明知自己只是在撒謊，他恨不得有人願意聽他細說從前……雖然，那是他至今人生中最窘的一件事。

他嘆息似的說：

「一開始的時候，我正是為了制止那個女生被欺負，才會轉而成為被欺凌的目標。」

*****

幾個月前，是剛開學的日子。每年這個時候，升上一級的學生，也會面臨一輪新的恐懼。

Band 3 學生的恐懼，重點當然不在學業，反而在全新的課室裏，一切重新洗牌，班上有沒有相熟的、可以照應的朋友，跟同學們能否打成一片等切身（安全）問題。

新一年的開學，藍閱山就是不幸掉進一個充滿陌生臉孔的課室內。看着班上一堆一堆玩得熟稔的男生女生，而他卻苦無一個可互相支援的同學，他就知道這一年將會是「恐懼鬥室」，日子絕對不會好過。

一如他想像裏的最壞情況，剛開學的兩個星期，那種殘酷而無聊的遊戲就在課室內展開了。

眾人的對象，是去年跟他同班、一名叫 Colour 的女生。兩人不算相熟，他不知道事情是怎樣開始，但大概也無須太多理由。只知道，待他發現時，大伙兒已經開始作弄 Colour 了。

早上的時候，Colour 的書桌上和抽屜裏，一定會遍佈各種各樣的垃圾，包括用過的紙巾、鉛筆屑、吃完的麵包包裝袋等，有時還會有連腸子也溜出來的死蟑螂。Colour 一開始時大發雷霆，但當她慢慢認定了誰也不會伸出援手時，她終於知道她只能啞忍，每天默默地忙着清理垃圾。

每一天，藍閱山目擊眾人樂此不疲地玩這種遊戲，一直也袖手旁觀。雖然，他為 Colour 的遭遇而不忿也不屑，但他自知無能力改變現狀，只能按捺着既內疚又慶幸未禍及自己的心情，裝作什麼也沒看見，又或乾脆走出課室，眼不見為乾淨。

同樣的遊戲持續了兩星期，當大家對 Colour 的反應看厭了，便改過另一個遊戲形式。

也不知是由誰提議，卻得到全班學生默默附和，遊戲就是順着班上學生的學號次序，每天輪流寫下對 Colour 的惡言惡語。Colour 每天走進課室，總會見到黑板上用紅色大字寫上不同句語：

「Colour，妳的臭狐快把我熏死了！」

「Colour，妳再墮胎便會子宮移位了！」

「Colour，每次見到妳我也想吐，妳真是極品！」

「Colour，妳何不考慮早點去死？快解除我們的痛苦！」

為了不想在上課時給老師發現，Colour 會儘快用粉刷把大字擦去。

終於，輾轉輪到了阿閱的學號。

那個早上，他不知如何是好，但又沒有永遠不回校面對的可能，只好逃避到打上堂鐘前的三分鐘才踏進課室，希望藉此同學們便可手下留情。結果，當他走到自己的位子前，只見一枝紅色的粉筆靜靜地放在書桌上。

——那是一種恐怖的威逼。

由於他太遲回來，Colour 也已回到課室，坐在她自己的位子上。這使他加倍為難，坐在他附近的一個男生問：

「藍閱山，你是不是有什麼忘了要寫？」

女生也轉了半個身來，慫恿着他：

「對啊，老師快來了，你要練大字，就得快點囉！」

阿閱看看坐在遠處的 Colour，她向他露出了求救的眼神。他再看看桌上那枝紅色粉筆，終於用力咬一咬牙，拿起了粉筆，慢慢走到黑板前。

然後，他把粉筆放回黑板邊框上。

他轉身準備返回座位，目光剛好對上全班同學，各人都目瞪口呆的看着他，唯獨 Colour 臉上盡是感激。

＊＊＊＊＊

翌日早上，阿閱一踏進課室門口，本來嘈雜不堪的課室，忽然變得異常安靜，所有人都停下了身上的動作或説話，把視線投在 Colour 身上。

坐在座位上的 Colour，慢慢站起來，直走到黑板前，拿起紅色粉筆，寫了一句：

「藍閱山，你母親是婊子！你是婊子和嫖客生下的雜種狗！」

在全班的轟然大笑和歡呼聲下，Colour 拋下粉筆，半眼也不瞧阿閱，便走回自己座位。

她旁邊的女生在吃香口珠，問她要不要吃一顆？Colour 欣然接受。

阿閱注視着黑板上的紅色大字，看着她寫的一筆一劃，他心裏恍如被刴刀劃開了一刀又一刀，慢慢滲出無形的鮮血。

「……就是這樣，我和 Colour 的身分對調，我代替她成為了眾人的箭靶。」他把事情逆轉的關鍵告訴藍閱山，整個人看來既疲倦又失落：「如果我真是一個渾蛋，我現在應該正跟全班同學聯手，仍玩得逍遙快活吧？」

藍閱山忽然問：

「你喜歡 Colour 嗎？」

「一點也不。」他老實地搖搖頭。

「那麼，你真是渾蛋中的渾蛋！」

他苦笑一下，「妳的評語……我大致同意。」然後，他整個人陷入沉思中。

藍閱山正準備繼續數落他，但是，她忽然留意到附近一張枱的四個男女，其中有一個少年一直瞧着她這邊，她被盯得頭皮發麻。

她對異性給她的注目禮看，一早已司空見慣，所以，她很奇怪自己有那種奇怪的不安感。想了好幾秒鐘，她才記起那個少年是誰。四人均是她小學時代的同學，沒想到他們至今仍是會相聚的朋友，她只覺得匪夷所思。

藍閲山很怕被認出——雖然，她明知機率也不算很大——但她還是決定當機立斷的離開，「我們快走。」

阿閲呆了一下，「我的薯條還沒吃完啊！」他點了的和牛漢堡套餐，還有大半包薯條撒在餐盤上，他不願站起來。

藍閲山臉上出現前所未見的不安，她壓低聲音告訴他：「我遇上小學同學，我不想與他們相認。我們可以走了沒？」

阿閲恍然大悟，只得放棄了薯條，拿起書包，隨着她離開。

兩人匆忙走出 MOS Burger，阿閲不明所以的問她：「既然是舊同學，為何相見不相認啊？」

「在我小學時代，他們給我起了個花名，叫『醜小臘鴨』。」

他不知該當真或是當假，還是忍俊不禁：「不要玩啦！如果妳也叫『醜小臘鴨』，妳的同學統統都是『醜唐老鴨』了！」

藍閱山掀起嘴角，冷笑了一下：「小時候的我，醜得令你難以想像。」

「嘻嘻，我發現了，女星們都喜歡說上同樣的話：哎唷，我只是陪着朋友去拿選美表格，沒想到我卻成了被選出來的那個！」他還是在笑，「幾年後的今天，妳更應該在他們面前示威一下，讓那些少男們大嘆走寶啊！」

「也不一定。」她臉上仍是那一絲冷笑。

忽然之間，兩人身後響起一把男聲：「藍閱山！」

藍閱山心下一沉，想佯裝沒有聽見，再加快腳步，反倒是她身邊的阿閱回頭看了一下，瞧見四人一同追上來。

剛才那個一直把頭朝過來看藍閱山的少年，目標卻不是藍閱山，而是一臉興奮地問阿閱：

「藍閱山，你不認得我們了嗎？」

「嗯？」他腦海裏一片空白。

「饑饉三十夏令營！」

藍閱山用手拍拍額角，雙眼一亮，高興地說：

「記得！我們那年餓着肚子足足三十小時，為非洲飢民籌款，我們被編在同一個營裏，玩了一整晚的撲克呢！」

四人一同笑起來，一個滿臉暗瘡的少女說：「你一個人贏了我們三家！」

「喂，我也把贏了的錢全數捐出去了啊！」

乍遇的五人，不斷在噓寒問暖，站在他身旁的藍閱山，只是一臉木然。

滿臉暗瘡的少女，察覺到大家冷落了阿閱身邊的女子，她主動問藍閱山：「對啊，你身邊這位小姐是——」

「你們不認得她了嗎？她就是——」其實，他一直感到奇怪，為何這群小學同學會對藍閱山視若無睹，就算她以前真是如她所說的「醜小鵬鴨」（雖然，他始終半信半疑），現在變了奪目耀眼的白天鵝，他們也總該留有幾分印象啊。

藍閱山卻沉着聲音，旋風式的打斷他的話：「電影快開場，我們可以走了沒有？」

四人瞧見這個漂亮女子一張黑得驚人的臉孔，也就識相地跟阿閱道別。

走在大街上，藍閱山一直走在前面，高跟鞋咯咯作響。阿閱尾隨着她，也可以感到她的怒氣沖天……他簡直匪夷所思，女人真是喜怒無常的動物！

他三步併兩步的趕上她，繞到她面前問：「搞什麼啊？妳不是在生我的氣吧？」

她停下腳步，一張臉變得冷若冰霜：「沒有得到我同意之前，誰批准你亂說話？」

「妳不覺得很有緣嗎？」他有點興奮地說：「那四個人是妳的舊朋友，竟又認識同名同姓的我。」

「朋友？我從沒半秒鐘當過他們是朋友！同學歸同學，朋友是另一回事。」她用強調的語氣再說一遍：「況且，我想交什麼朋友，或者說，我想跟什麼朋友繼續來往，我自己會選！」

「對嗎？由妳自己去選啊？」他微笑說出了事實，也有反擊的意味：「所以，妳的人緣才那麼差，妳只得我一個朋友了吧？」

「不要再跟着我！」她板着臉，氣沖沖的擦過他身邊，撞到他的肩膊也不理，一聲不響就走了。

阿閱轉過頭，眼看愈走愈遠的她，回心一想，他也不明白兩人到底在吵什麼。他嘆口氣，轉身跟隨着她。

因此，他發現了，就算藍閱山的臉色不會好看到哪裏，但縱使如此，每個跟她擦身而過的男人，還是為了再看一眼她的美貌而一一回頭。有幾個有女伴在旁的男人也忍不住，惹得旁邊的女伴們向藍閱山怒目而視。

阿閱忽然清晰地理解到，這個美女真是恃寵生驕，而她也真有這樣驕縱的條件吧？

可是，被寵壞了的她，大抵也覺得所有人對她讓步，才是最正常不過的吧！

終於，在一道紅燈前，他走到她身邊，已回復心平氣和的他，用溫和的語氣說：

「好了，假設那個追求妳的人，不小心惹妳生氣，他該怎樣才能逗回妳高興呢？」

她瞪着眼看他，「恐怕沒法子了。」

「妳就試試原諒他嘛！」他努力地說：「我相信，他令妳生氣，只是無心之失罷了。」

藍閱山環視着四周，突然發現一件有趣的事情。她對他說了能逗她開心的方法，讓他聽得一臉愕然，難堪地問：「救命！請問一下，他可以換另一件事嗎？」

「不——可——以！」

「完全明白，異常了解。」他一鼓作氣，馬上行動。

在藍閱山的監視下，阿閱走到一對母女面前。那個看來還不到廿歲的母親，不知在向女兒發什麼脾氣，用響亮得滿街也聽到的聲浪，把小女孩罵得大哭起來。

阿閱問一臉兇惡的母親：「賣多少錢？」

母親停止辱罵女兒，瞪大雙眼看他：「你說什麼？」

「妳剛才對女兒說她一點用處也沒有，真想馬上賣了她！」他硬着頭皮說：「我就是來買她的！」

「你是瘋子啊？」母親瞪目地問。

兩人的對話，引來附近途人的注意，很快就有人駐足圍觀。

他按照着藍閱山吩咐他的話，不退縮地再問一遍：「請妳開出一個價錢！我要買下她！」

母親給這個怪人的糾纏嚇怕了，她立即抱起女兒，滿心恐懼對他說：「你敢再走近我女兒一步，我就報警！」

「沒問題，警察也可能有興趣參與競投！」他冷笑一下說。

「香港的精神病人真多！」母親的臉色蒼白起來，她撞開了人群，抱着女兒落慌而逃，不斷回頭看他有沒有追上來。

途人見沒熱鬧可看，很快散去，阿閱眼見剛才無人舉起手機拍攝，免去在網上被人肉起底之苦，真想感謝神恩。這時候，藍閱山向他慢慢走過來，他覺得自己的行徑像個白癡，卻看得出她的神情頗有欣賞意味。

「這個世界上，已經很少人像你這般正義了！」

「在這個世界上，正義之士都會被評為神經病呢。」他慘笑一下地問：「對啊，你原諒了那個追求你的他沒有？」

「他逗得我那麼高興，我怎可以不原諒他！」藍閱山臉上有掩不住的笑意。

他大大吁一口氣。

「只不過——」

阿閱眼前一黑，他剛做了一個難度有八點五分的動作，她又要他做什麼更高難度的事啊？

她注視着他的眼睛，一字一字的說：「在將來的日子裏，不要在別人面前提起我的名字！」

她說得言之鑿鑿，似無轉圜餘地，這使阿閱莫名其妙。因為，他蠻喜歡自己的名字，一直覺得「藍閱山」這三個字拼合起來，就是有種氣派！

他忍不住問：「我可以問為什麼嗎？」

「我討厭自己的名字。」

阿閱苦笑一下，他這次不敢再問為什麼了。然而，當她說自己討厭「藍閱山」，阿閱卻奇怪地感到自己受到了傷害，好像她也討厭着他一樣。

可是，他暫時不敢深究下去，只能難受地說：「沒問題，不提就不提，隨妳喜歡就好了。」

藍閱山凝視着他，彷彿明白自己的話惹他不快，她微笑起來，「對啊，剛才你做了一件大快人心的事，我要好好獎勵你。」

他心裏一陣驚喜，卻帶點擔心被戲弄的懷疑，問：「真的嗎？」

「跟我來。」

＊＊＊＊＊

兩人乘車到了赤柱海灘，那裏沒有淺水灣般人多熱鬧，只有數個外國人在曬太陽。穿長裙的藍閱山把高跟鞋脱掉，腳踏在淺水處。阿閱也捲起牛仔褲的褲管，似是為盡一個君子的責任，替她挽着鞋子，跟她一起在清涼的海邊踱步。

他真有種跟她拍拖的錯覺，他放鬆心情，盡情享受這彌足珍貴的夢幻一刻。

兩人在沙灘的一端走到另外一端，太陽慢慢沉下海面，居然有種悲壯的情懷。他説：「這真是一個不錯的獎勵啊！」

「不啦，我都還未獎勵你。」藍閱山環顧僻靜的四周，「這裏一個人也沒有，可給你獎勵了。」

「咦？」他因她的話而緊張起來。

她從海邊走回岸上，他也跟着做。這端的沙灘有頗多礁石，她帶他走到一塊大石上坐下，叫他閉上雙眼，不能偷看。

她笑了笑：「如果你偷看，我會馬上停下來。」

「我不會偷看。」他吞下一大口口水，隨即緊緊閉上雙眼。

忽然之間，他感到藍閱山以緩慢的速度，將他已推到膝蓋上的褲管，再拉到上大腿。一陣清風吹來，他感到大腿涼颼颼的，整張臉卻熱得可以煮雞蛋。他是好不容易才叫自己忍住不張開眼。再老實點說，他也確實緊張得不敢睜開眼皮。

他感覺大腿前有呼吸的氣息，他整個人都僵硬了。雖然大腿癢得要命，但他卻一動也不敢動。然後，他感到她的手指在他的大腿間恍如彈着琴鍵般不斷游動，差不多一分鐘之後，她才停下動作。

「好了——你可以睜開眼了。」

阿閱緩緩張開雙眼，低頭看看自己的大腿，不禁失笑起來。他竟然在自己的大腿上見到一個柯柏文！

他恍然大悟，原來，藍�山剛才把他的大腿弄得癢癢的，就是用她的紅色唇膏，在他大腿上畫了這幅圖畫。

「跟你逛街時，我留意你很久了。每次經過售賣《變形金鋼》的玩具店，你都會不期然注視着柯柏文的模型，看得雙眼發亮。」她說：「所以，我決定送你一幅畫作獎勵。」

他大受感動。從沒想過她會一直留意他的喜好，這真是一個非常窩心的獎勵。

「謝謝妳。」他認真地說：「我想一直保存它。」

「怎保存啊？你截肢啊？」

她瞪他一眼，兩人相視笑了。

3

兩人盡興的離開赤柱，當藍閱山獨自回家時，她一直想着阿閱的話。讓她心裏讚嘆的是，阿閱猜對了一件事：她的人緣真的非常差。

是的，在學校內外，藍閱山也沒一個知心朋友。

一開始，她會自我質疑，人到底真的需要朋友嗎？到了後來，她開始自我肯定，就算沒有朋友也不要緊，人最終只能依靠自己。所以，她便自覺理直氣壯地拒絕了友情。

很多時，她無法不羨慕同年紀女生的單純可愛，她但願自己也能夠有跟她們同一程度的思路。但沒辦法，她無法勉強融入她們的圈子。每當看到一眾女生常常圍着看娛樂新聞和明星緋聞，或相約去什麼韓星在香港舉行的見面會，她便覺得自己跟她們簡直身處在兩個不同的星球。

她恍如剛來到地球考察的外星人，對人類的思想和行為模式感到既驚訝又可笑。

當然，為了不被評之為可供攻擊的異種（舉個例：在班上表現得不合群的女生楚浮），就算連藍閱山這種對人又冷漠又抽離的性格，為了大局着想，還是逼不得已作出一定程度的妥協。

她一樣會跟其他同學一起吃午飯、參與最低程度的群體活動、壓低自己的腦筋，遷就各人的閒話家常。這些假意的行為，讓她可以繼續安全地混在人類之中，不被杯葛玩弄，又或……被綁在手術桌上進行冷酷無情的解剖。

假如，這樣説很空泛，一年多前發生在藍閱山身上的一件事，大概可證明她是個怎樣的悲劇人物。

＊＊＊＊＊

幾個月前，老師發下分組功課，藍閱山、普普和郭泡沫三個女生合力做一個

Project，放學後，她們一行三人在一家人多繁忙的快餐店裏商討細節，藍閱山接到楚阿姨的來電，走出店門外接聽。

楚阿姨正在巴黎香榭麗舍大道購物，正想買一個 LV 的新款袋子給她做手信，楚阿姨詢問她喜歡的款式，免得買錯。

談電話時，從店外玻璃往內看，見三個鄰校的女生捧着餐盤，正在店內到處找位子，由於全店滿座，三人便走到普普和郭泡沫身旁站定，企圖用壓力逼使佔着位子的兩人離去。普普沉不住氣地向三名女生說了幾句，女生們的反應激烈，彼此對罵了些什麼，三人便氣沖沖離開。

藍閱山正好掛電話，返回座位時，跟三名女生擦身而過，聽見一個細眼睛的女生陰森的說：「在這裏吵，只會便宜了她們！我們等一下跟她們再玩！」兩名女生附和似的笑了。

藍閱山坐下，問普普和郭泡沫：「剛才什麼事了？」

性格一向比較潑辣的郭泡沫，悶哼一聲：「沒什麼，只是撞見三名逃出精神病院的腦殘！」

藍閱山笑笑沒追問。

六時許，整個 Project 大功告成，普普和郭泡沫說要去洗手間。藍閱山坐着玩手機等候，等了十分鐘，見她們久久未回來，她忽然意識到她們可能出事了。

走到女廁一看，兩人並不在裏面，這時候，她聽到女廁附近的後樓梯傳來輕微的聲音，她無聲地推開防火門從門縫窺看一下，只見那三個女生正把普普和郭泡沫逼到一邊牆角去。

細眼睛女生獰笑着說：「喂，妳們的態度可真夠惡劣，老師沒教好妳們吧？」

普普害怕地問：「喂，妳們想怎樣？打劫啊？」

「不是啦，妳們可不是打劫的好對象！」細眼睛女生忽然從校裙袋取出一把彈弓刀，

「我想送妳們一份禮物！」

細眼睛女生兩旁的同伴，好像不料有此一着，也給她的舉動嚇了一跳。

細眼睛女生把刀鋒在兩人眼前晃動，「妳們兩個是好朋友，我沒猜錯吧？」

普普給嚇得面色慘白，郭泡沫把身子擋在普普身前，用害怕但倔強的聲音說：「妳到底想幹什麼？」

「做完學校的 Project，現在輪到測試友誼的 Project 了。」細眼睛女生忽然把刀尖迅速架到郭泡沫的臉頰旁，「如果我要在妳們其中一人的臉上劃一刀，妳們可會為維護好朋友而犧牲自己？」

郭泡沫臉色鐵青，不哼一句。

細眼睛女生得逞地笑，一臉得意地說：「誰要是自願的話，就說出來啊！」

細眼睛女生的同伴卻愈來愈不安，其中一人神情難堪地勸道：「我們說好了，只是嚇唬一下她們——」

「我突然改變主意了。」細眼睛女生對兩人說了一句，很快轉回郭泡沫的臉上，「妳能夠嗎？」

郭泡沫堅強的抿着嘴巴，不肯說出任何話來。

「說啊！把妳的答案親口說出來！」她把刀鋒更緊貼她的肌膚，刀鋒相距她頰邊不足一吋，威逼她說：「告訴妳的朋友，她根本不是妳的朋友！」

刀尖下的郭泡沫，好像被逼脅得不得不作出反應，一直默默在門縫外偷看的藍閱山再也受不了，大力推開防煙門，把所有人都嚇了一跳。

她用平靜得出奇的語氣對細眼睛女生說：「別再折磨她們了！」

細眼睛女生即時反應，轉而把刀尖指向藍閱山，藍閱山微笑說：「要玩嗎？我陪妳玩！」她忽然用力握着女生拿着彈弓刀的手腕，慢慢把刀鋒推向自己的臉。

「妳幹什麼？」細眼睛女生一下甩不掉她，跟她用力的拉扯着。

「妳不是很想割爛人家的臉嗎？記得要劃十字形，那麼，傷痕就會永遠留下來。」

藍閱山露出怪異的笑容，「這是妳敢講而不敢做的心願吧？想了很多很多遍，也許在做夢時也夢過的美夢，今日終於得償所願了。我來幫妳。」

細眼睛女生慌張失措地喊道：「妳以為我在說笑嗎？」

「當然不，我比妳更認真！」

刀鋒終於緊貼在藍閱山的左邊臉，她緊緊盯着細眼睛女生，突然把刀往自己的臉頰用力劃去，刀鋒帶過之處被劏開，頃刻湧出大量鮮血。

細眼睛女生臉色鐵青得恐怖，她如遭電殛般鬆開五指，讓彈弓刀「噹」的一聲跌在地上，刀子上沾滿令人觸目驚心的鮮血。她發狂地扯開藍閱山的手大嚷：「神經病！妳是魔鬼！」她崩潰似的亂說粗話，跟另外兩個早已被嚇壞了的同伴落荒而逃。

臉色煞白的普普，急忙拉着藍閱山走進女廁，當藍閱山若無其事地用抹手紙按着傷口，郭泡沫一臉氣憤的拿出手機，正欲打電話報警。

「不要報警。」藍閱山卻用平靜的聲音說。

「什麼？」

「因為，只要不報警，她們便會每天疑神疑鬼，總覺得有人會埋伏在某個角落，伺機向她們報復。對她們來說，那才是最長久的折磨。」藍閱山臉上帶着一絲詭秘的笑意，「一旦報警，縱使她們被捕了，反而落得個心安理得。」

普普和郭泡沫面面相覷，兩人從未遇過這種事，不知該如何應對。

藍閱山請郭泡沫替她買消毒藥水和紗布，郭泡沫離開後，普普向她歉疚地說：「對不起！泡沫和我——」

藍閱山知道普普誤會了，兩人以為她這樣做，是為了拯救她們。但其實，她半點也不關心二人死活，她只覺得那個細眼睛的女生太討厭，想教訓她一下而已。

「妳明白嗎？到了最後，女孩子還是只能依靠自己。」藍閱山扭開水龍頭，用水沖洗傷口附近的血跡。她斜看普普一眼，夢囈似的說：「所有人都不可信任，惟有自己才是最重要。因為，只有自己才捨不得傷害自己……」

普普神情難過，「妳的臉——」

藍閱山傷口的鮮血，沿着下巴和頸項流滿衣領，白色校服上血跡斑斑，讓人看得毛骨悚然。她用兩手按着洗手盆邊緣，凝望着鏡中的自己，把這張男人看得色迷迷的臉親手割開，讓她有前所未有的復仇快感……。

她發自真心地笑起來，望着鏡中的普普說：「妳知道嗎？這一張是男人最喜歡、也是我最討厭的臉！我想破壞它很久了！」

聽到藍閱山這句話，再加上她一副恍如很安慰的神情，教普普既駭然又心寒。

在醫院急症室內，男醫生替藍閱山處理傷口，不斷重複說着安慰她的話。她對滿臉憂心的男醫生說：「我根本不擔心，你的手不用那麼抖啊！」男醫生聽她說得輕描淡寫的，雙手震得更厲害了。

事實上，醫生的技術很好，兩個月後，她臉上的傷痕已淺得看不見。每天儘可能不照鏡子的她，每次看到鏡中那張回復美麗的臉蛋，又覺得落寞起來。

就算如何孤僻的人，
也要悲哀地明白一件事：
人如果無法自給自足，
便不能脫離群體。

「孤獨」可以是一種對抗態度，
但一個人總無法戰勝全世界，
因為，
人總是只能被困在世界裏。

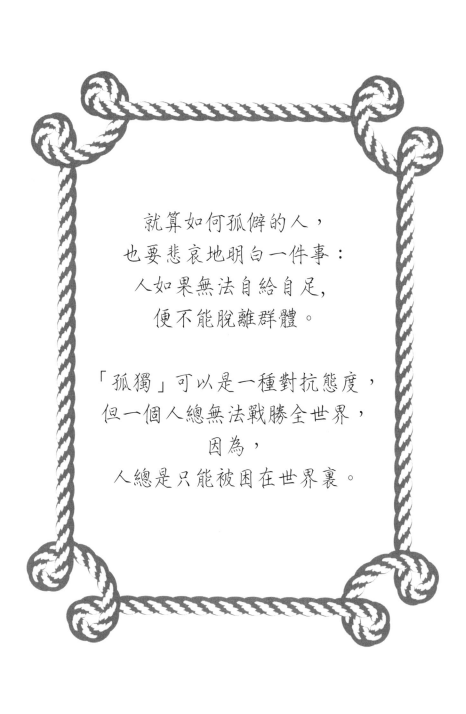

第5章

平凡女孩的真實告白

很想忘掉這不過是
一場遊戲的遊戲，
只要有一方撒手不玩，
整場開發中的感情便會被撕破。

可是，
愈來愈喜歡你的我，
內心總是意圖妄想，
我倆都已經認真起來了……

1

周末晚上，肥波到阿閱家裏打電玩，阿閱的媽媽早已見過肥波，她拿了一大堆汽水、薯片和朱古力來熱情招待，讓肥波感覺賓至如歸。

藍媽在廚房做菜時，跟阿閱玩雙打的肥波，忍不住對他說：「你有這樣的母親，真是羡慕死我啊！」

「平心而論，我媽雖是個典型的師奶，但她還真是很不錯的啦！」阿閱又有點生氣的說：「除了她常常認定我不會發達以外！」

「可想而知，你媽比我想像中更好了！」肥波呵呵笑說：「她沒有老老實實告訴你，你除了絕對不會發達，還注定要去拿綜援，想想也知有多麼照顧你感受哦！」

「你去死！」阿閱幾乎想拿手製敲他的頭。

「如果我有個這樣的媽媽啊，我一定會十分孝順她。」肥波用一副認真的語氣說：

「就算要賣肉救母也沒問題！」

「當然沒問題，你賤肉橫飛，可長賣長有！」

阿閱記得，與肥波初相識時，他胖得像一個吹脹得快要爆開的氣球。自從接受化療後，他已消瘦很多，有負「肥波」這個稱號了。

為了肥波的來訪，藍媽做了滿桌的餸菜。三人起筷時，阿閱才發覺好像有什麼不妥，他抬眼看肥波，肥波用無聲的口型說：「沒所謂啦。」趁藍媽到廚房取湯匙時，他悄悄說：「我的味覺也快要消失了，你就給我放一日假吧！」

阿閱沉默一刻，他忘記告訴母親肥波要戒口，很多東西也不能吃。事到如今，他只好向肥波無奈地點頭，肥波高興地夾了一塊「違禁」的海鮮，大口大口地嚼着，神情非常愉快。

飯後，兩人繼續在電視機前玩 Mario Kart，藍媽也加入戰團玩 3P。雞手鴨腳的她，駕着車子橫衝直撞，卻又無比幸運地以第一名的成績衝過終點，教肥波和阿閱幾乎從沙發上滑下來。

這個時候，阿閱的手機響起，來電顯示是「藍閱山」，她一開口就說：「出來一下。」

「這個嘛，但我現在沒空……」他聽得出她的聲音有點不尋常，但他正跟肥波玩得興起，不知該如何取捨。

肥波舉起一隻手，指指自己胸膛，七情上面的用口型說：「我想見見她！」

阿閱不作聲，肥波用臭腳撩撥他的小腿，他只得勉為其難地說：「我有個朋友也一起來，可以嗎？」

「沒關係，快出來！」她答得爽快。

藍閱山掛線後，肥波興奮得幾乎想抱着他來親，他連忙說不必客氣。肥波說：「既然，你把那個藍閱山說到像女神一樣，我就去拆她的招牌！」

「好啊，你去給她評評分！」阿閱沒好氣。

「我這個人可是非常嚴格的！」肥波詞正嚴明地說：「我會以看 AV 女優的標準，

來給她專業評分！」

「沒問題，你不要叫她脫光光就可以了！」

「唔，我儘量啦！」

2

藍閱山約定阿閱在銅鑼灣利園附近一家以英文為店名的餐廳等候，他和肥波找到店門時，才知道那是一家設有露天座位的酒吧。這間酒吧也真夠意思，讓顧客吃花生時，可以將花生殼隨手擲個滿地。肥波和他互視一眼，有點不知如何是好。

曾經有一次，兩人故意穿得老成，大着膽子走進一家酒吧，卻被酒保識穿他們假扮成年人，要求查看他們的身分證，他們給嚇得屁滾尿流地奔出門口。

有了那些「成年陰影」，這一刻站在酒吧門前的兩人，真有點不知所措。

阿閱埋怨：「一早叫你不要穿小背心和開襠褲，你的樣子只像十四歲！」

「我也一早叫你不要脫腳毛，毛也沒一條，像剛出世的小豬！」肥波意猶未盡地反擊：「還有，你練什麼胸肌呢，簡直像童顏巨乳！」

阿閱驚呼一聲，用雙手按住自己的雙峰，「你連男人也不放過啊？」這時候，手機響起，聽筒傳來環境吵雜下沒好氣的女聲：「我看到你了，你站在門口幹麼？我一早坐下來了。」

他難堪的問：「我們改個地方好不好？」比他大一歲的她，大概忘了未成年是不准進酒吧。

「怎樣？害怕遇上壞人？姐姐保護你囉！」她嘻嘻笑，說了自己坐在店內角落便掛線。

沒法子之下，「巨乳童顏」的阿閱只好領着「十四歲」的肥波走進店內找大姐姐。

他依照提示，走進酒吧找她，跟在身後的肥波突然問：「她是獨坐在角落的吧？」

「是啊！你怎知道啊？」

「果然，唉，她果然是你口中的極品校花啊！」肥波用極其失望甚至接近絕望的語氣說。

他看看肥波，再循着他的視線看去，才發現他看錯酒吧內的另一個角落。那桌正獨坐着一個馬臉少女，若給她裝四個馬蹄鐵，即時可走去快活谷跑千六米！阿閔見狀，差點把深愛的媽媽剛才做的咕嚕肉、鹹魚蒸肉餅和老火靚湯全回吐出來。

他更正肥波：「她坐在另一個角落。」他向藍閔山坐着的那邊抬了抬下巴，肥波遠遠望見，登時全身一震，忽然停下腳步，令阿閔撞在他身上。

阿閔走到肥波身邊，只見肥波瞪大惶恐的雙眼，好像親眼目睹了一宗兇殺案。

「你……你……你這個不學無術的不良少年，最近走什麼狗好運了？」肥波用走音的聲音說：「那個美女的一張臉，簡直像米高安哲羅筆下的雕塑！」

原來肥波認識米高安哲羅，阿閱長知識了。他苦笑道：「我以為你會形容她像哪個AV女優？」

肥波大叫：「不要讓那些AV女優玷污了她！」

阿閱遠遠看着臉色有點灰白、失神地看着牆壁上裝飾的藍閱山，他搖搖頭說：「她今天也沒平時般漂亮啊！」

肥波激動地罵了句粗話，大聲說：「去地獄！」

阿閱被他擋在前頭，有路走不得，他無奈地說：「你怎麼停下來，快行過去啊。」

「見到真正的美女，我腳軟了。」

「我以為你會很享受哩。」

「才怪，醜男在醜女面前，才會表現得自然。」肥波衝口而出，他轉向身旁的阿閱問：「難道你沒那種感覺嗎？」

他老實說：「我倒覺得，只要你沒有不軌企圖，在AV女郎面前也不會表現得不自然。」

「那不叫不軌，那叫不舉！」

阿閱沒好氣的盯他，「軟腳蟹，我要不要扶你一下啊？」

肥波擦擦手，然後兩腳一伸，再深深吸口氣，就繼續步向藍閱山了。

兩人坐到藍閱山對面的高腳吧位，洋男侍應即時走過來招呼，讀 Band 3 學校的兩人看着沒半個中文字的餐牌，一陣不知所措。

肥波故作鎮定說：「Please give me one bottle of Blue Girl!」

阿閱也用他的爛英語說：「Same to him la, thank you you!」

阿閱向藍閱山介紹肥波，這是他從小學時代便認識的好朋友。可沒料到，一向豪邁得腿張開、絕不介意讓別人看到短褲內的紅色內褲的肥波，表現得像個去名校面試的乖小孩，他一直夾着雙腳正襟危坐，整個人變得文靜有禮，更沒有半句髒話和猥褻話，阿閱不知是好氣或好笑。

反倒，是藍閱山一直在滔滔不絕，她這天的心情看來實在很爛，對兩人滿口怨言：「香港的男人真是愈來愈沒風度，連最基本禮貌也沒有！剛才在地鐵車廂裏，我見到有個女生讓座給一個老伯，老伯正猶豫要不要坐下，一個男人卻跑過來，一屁股便坐下去！」

阿閱想到那種情境，他卻見怪不怪的說：「在擁擠的車廂裏，切忌你推我讓，否則，總會讓漁人得利的啊！」

她難以接受的搖搖頭，「換作是你，看到這個情形，你會坐下嗎？」

「我也不排除有這個可能啊！」阿閱笑着說：「少女和老伯的身體機能都比我好，所以，我才是真正的老人家，他們應該敬老啊！」

她不齒地白他一眼，「你這個人，真夠厚顏無恥！」

藍閱山轉向肥波，尋求支援的問：「肥波，你告訴這位小姐，你也會這樣做的吧？」

「不會，這樣厚顏無恥的事，我幹不出。」肥波搖了搖頭說：「況且，我多數是讓座那一個。因為，上帝教的，施比受更為有福。」

藍閲山隨手抓一把花生，就拋到肥波頭上，他真受夠他了，「你何時開始跟神對話了？」

肥波被擲了個滿身，他把躺在懷裏的花生拾起來剝殼，咬着兩顆說：「經常。我最喜歡的課外讀物就是聖經。」

藍閲山差點就想把桌上的 Blue Girl 玻璃樽敲到肥波頭上去。

她拿起餐桌旁的餐牌看了看，又重新放下來，「藍閲山，偷運一罐百事可樂回來。」

「為什麼啊？」

「我想飲，但這裏沒有這個牌子。」她不耐煩地催促他，「快去啊！」

「喝可口可樂不就好了？橫豎味道也差不多啊。」

「假設我真是被你追求的人，你敢這樣跟我說話嗎？即時就被取消資格了啊！」她警告他說。

阿閱苦笑，「明白，我馬上去。」他拿起銀包，連跑帶滾地走出酒吧。

藍閱山把杯內最後一口梳打水喝光，對肥波笑說：「他這個人真是傻呼呼的吧？」

「對啊。」肥波同意地說：「我這個朋友，就是太老實，對人也太柔順了。」他的聲音頓了一下，看着藍閱山說：「所以，哈哈哈，我最害怕他受騙。」

「他會嗎？」

肥波記起來說：「呃，他有沒有告訴你，他以前有個女朋友？」

「只是略略提了一下。」她說：「那個野蠻女友嘛。」

「他有沒有告訴妳，他倆為何分手？」

藍閱山搖搖頭，阿閱沒提過這件事，而她也沒有追問。

「因為，阿閱什麼都聽從她的，她明知這一點，也就不斷變本加厲。」

藍閱山思考着肥波的話，卻沒概念：

「舉個實例⋯⋯最過分的一件事。」

「有一次，她要阿閱買兩張來回澳門的船票和訂一晚酒店。他照辦無誤，去到碼頭才知道，原來她要跟另一個男人出發。」

藍閱山怔然了超過五秒鐘，那簡直是黑色喜劇的劇情，但肥波的表情不像在開玩笑，她皺着眉頭的問：「所以，他憤而跟她分手了？」

「不，沒有。這個白癡把船票和酒店單據親手交到女朋友手上，然後，目送女朋友和那個男人上船去。」

「他懦弱到那個地步？」她的訝異無以復加。

「他告訴我，唯命是從，才是愛的表現。」肥波聳一下肩說：「最後，如同妳所說的，那個女人始終不懂他的好，只說他是個懦夫，全身上下沒一處像男人。最終，他也逃不過被甩掉的命運。」

藍閱山滿以為自己會冷笑，或開落井下石的玩笑，但不知恁地，聽到阿閱這段大概不想告人的慘痛遭遇，她愈聽愈難過，真的笑不出來，只能垂下眼苦笑。

「所以啊，小姐，請妳也不要再玩弄他了！」

本來把視線停在杯內半溶解的冰塊上的藍閱山，突然聽到肥波這句話，重新抬起眼看他。

「不要再說什麼『假設你是要追求我的人』或『我是被你追求着的人』……不要玩這些幼稚把戲，更不要讓他對妳動了真感情！」

藍閱山用輕得不能再輕的聲音說：

「我沒有——」

肥波打斷她的話：「那倒不如，假設我是一個編劇家吧？我會怎樣編寫接下來的劇本呢？」

藍閱山默然看他，示意他說下去。

肥波以平靜的語氣說：

「到了他真以為自己可以得到妳的那一刻，妳一定會說：『喂，我們只是在玩着假設遊戲而已，你不會以為這一切是認真的吧？』妳輕輕一句話就足以摔倒他，把他和他付出的所有心血拋諸腦後。但是，這個單純而不合時宜的笨蛋，卻會受到永遠的傷害！」

她想反駁什麼，但這一次，她是無言以對。

「我不知道，阿閱有沒有跟你說過我的事，但不要緊，重點是，我捱不到多久了，最放不下的，就只有這個老友。」肥波用力一咬牙，把鴨舌帽脫下來，直視着發呆的藍閱山，「我剩下的時間不多，所以，才要打開心窗說亮話。以阿閱這種樣貌、家勢、學歷和質素，想要追求妳，簡直是天方夜譚。如果妳也認同我的話，就請不要再玩弄他好了！」

「我沒有玩弄他。」

肥波奇怪地看着藍閱山，他不明白，這個美女何以會露出那種急於想澄清的悲傷表情。

「我喜歡他！」藍閱山忽然吐出老實話：「你不會明白，每個女孩在自己喜歡的男孩面前，只會覺得自己很平凡……非常非常的平凡！」

肥波忽然生氣起來，牢牢地盯着她，忍不住搖頭失笑：「拜託，妳不是想連我也想玩弄吧？平凡？妳不可能平凡，我相信，大概在未來三十年也沒這個可能！妳知道什麼叫平凡嗎？妳走在街上，沒一個人有興趣回頭看妳一眼，這叫平凡！妳走到商店門前，無人意識到要替妳開門，這叫平凡！妳買東西時議價，店主卻連九五折也不肯給妳，這叫平凡！妳趕不上升降機，裏面的人用嘲笑的眼神在門縫間看妳，卻絕無替妳按開門掣的意圖，這才叫平凡！那麼，妳可否告訴我，妳有沒有試過上述這些平凡人最常遇見的平凡事？」

藍閱山一句話也說不出，兩人就此無言地對視。

這時候，阿閱鬼鬼祟祟地回來，他看看四周沒侍應生注意，把藏在外套的百事可樂拿出來，給她滿滿地斟了一杯，再把汽水罐放在桌下的暗角。

肥波直視着藍閱山說：「那麼，我剛才的話，妳好好想一下吧！」

阿閱奇怪地看着脱了帽子的肥波，肥波最介懷的，就是讓女孩子看到他接受化療後的禿頭。他不明所以地笑問：「你們在談什麼？」

「沒什麼。」肥波笑起來，指指自己的頭顱，「我給她出了一個題目，問她我像哪個漫畫人物？」

阿閱抓抓頭皮，他猜着説：「《老夫子》裏的大番薯？」

肥波笑着搖頭，「不，是《多啦A夢》啦！」

阿閱差點從高腳圓椅上掉下來，「見鬼了！《多啦A夢》不是人，是一頭貓！」

一直沉默無語的藍閱山，垂下眼笑了笑。她的目光剛好接觸到杯內的冰塊，其中一塊無聲地、輕輕地裂開了。

每個人總有某方面的優勢，
可是，當遇上真命天子，
那種優勢便不管用了。

因為，你只會放大自己劣質的
那個部分，
且覺得它會讓你遭到嫌棄。

但你必須堅信，
這才是釐清真命天子地位的
唯一辦法。

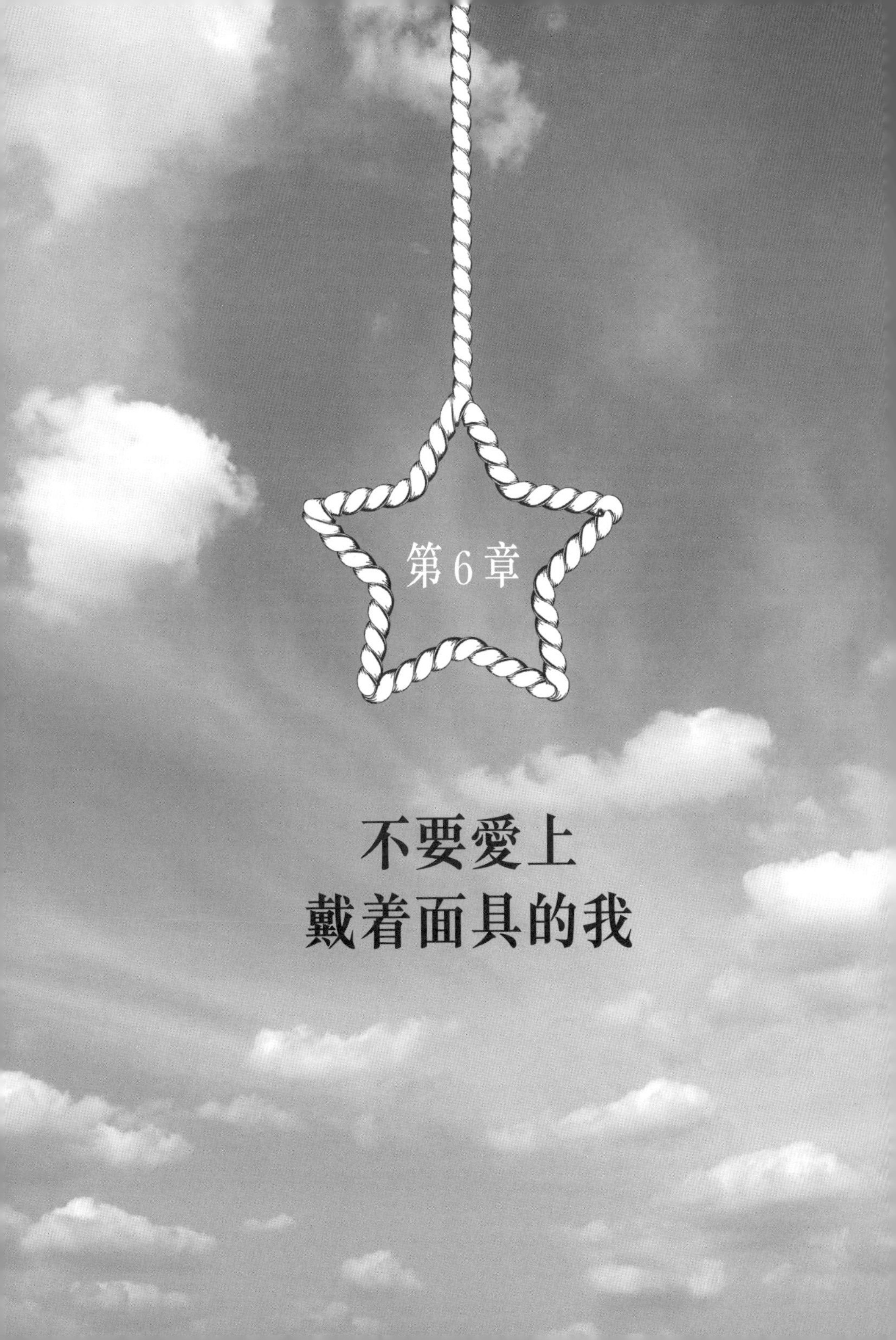

第6章

不要愛上
戴着面具的我

那是既快樂又悲哀的事情吧？
把自己形容得天上有地下無，
讓大家向你投以讚歎
也妒忌的眼光。

縱使，
那只是一個無法實現的謊話，
起碼有那麼一刻，
這個偽裝的你卻活得
比現實中要好……

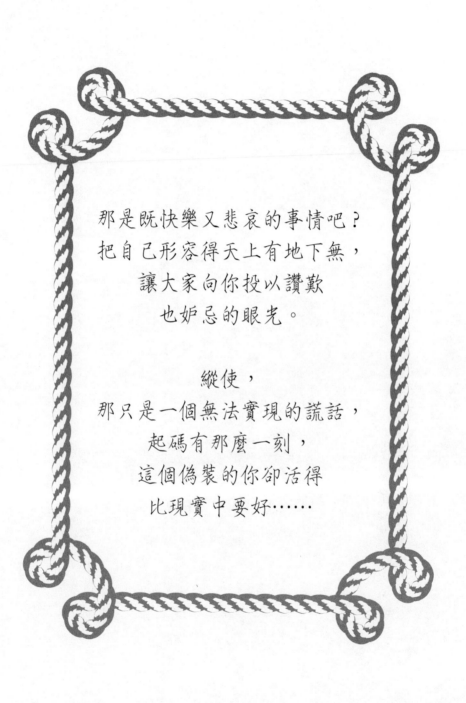

1

上課前，班上的女生又走來向阿閱索錢，說是捐助給戰亂中被炸斷手腳的傷殘兒童裝義肢之用。

每天從母親錢包裏偷一張廿元紙幣的他已準備好足夠的錢「捐獻」。女生木無表情地說：「我就代表那群廢物感謝你了。」馬上轉問其他學生去。

下課後，藍閱山步下樓梯，不知給誰在後面踏他的鞋跟，他的黑皮鞋都給踩甩了，幸好他及時握着扶手，才不致滾下樓梯。

一群女生路過他身邊，狠狠瞪他一眼說：「咦？是你啊？你還未死？」他看到，其中一個女生是Colour。

阿閱低頭無語，不再看她們，逕自俯低身子穿回鞋子，後來路過他身邊的幾個男生，又故意用又重又實的書包撞擊他的頭。

踏出校門後，他才真正有逃出無間地獄的感覺，而這種感覺每天也輪迴着，讓他死去活來，卻又無法自救。

晚上時分，阿閱手機裏的日曆備忘響起提示。是他預早設定的一則提示，上面寫：「跟藍閱山認識一百天紀念日」。他捧着手機在家裏不斷來回踱步，不知怎的，心情緊張忐忑，好像初戀重臨。

追看古裝韓劇的母親，見兒子失魂落魄，終於按捺不住說：「你要約她，便打電話給人家嘛！」

「媽，妳怎麼知道？」他嚇了一大跳。

「阿閱，你額頭上刻着一句『很抱歉的說我是個懷春少年』啊！」母親一副沒好氣的神情說：「還有的——也是最重要的一點——你別在電視機前飄來飄去好不好，你畢竟不是沒實體的鬼魂，而你媽也沒有X光眼啊！」

他識相地遊回自己那細小的房間，輕輕關上房門，盤膝坐在牀上，深深吸口氣，才撥電話給藍閱山。

她很快接聽，他難掩滿心的興奮，劈頭便說：「明天，就是我們認識第一百天了！」

「那又怎樣？」她的語氣冷淡。

「值得紀念囉。」

「為什麼值得紀念？」

阿閱給她的反問弄得張口結舌，過半響才老實的說：

「我也不知道……但是，假使我是個追求妳的人，就該主動提議去慶祝一下嘛！」

「你不會是那些把握這種時機，借故把女人帶去時鐘酒店的賤男吧？」

阿閱幾乎從牀上掉下來，他連忙澄清：「我從來沒那個想法！」

「我不吸引你嗎？」

「不……當然吸引！」他給她的誘導亂了陣腳。

「我就知道男人都是色狼，而你則是一頭毫無膽量的色狼！」

「我應該鼓起勇氣嗎？」他苦笑問。

「你不是說自己像個有感受的沙包嗎？你即管試試，看我會不會把你拿來練拳！」

「那麼，我收回上面那句『我應該鼓起勇氣嗎？』，改為『我真是一頭無能的色狼！』」

藍閱山這才好像滿意了點，她問：「這麼說，你是來約我的吧？」

他的心怦怦亂跳。過去的幾次，都是藍閱山約他出來，他覺得，該輪到他作主動了。而這一次，亦是他首趟向她正式的邀約，希望她會答允，很害怕會被拒絕。這就是他猶豫未決、緊張到不能自己的原因。

他吞了一大口口水，鼓起全身最大的勇氣，正色的說一遍：「對啊，我想約妳明天見面。」

「你想約我去哪裏？」

「哪裏也可以啊！只要妳喜歡。」

「真的去哪裏也可以嗎？」

「真的啊！」

「只要我喜歡就算不答應你的約會也可以嗎？」

阿閱的聲音低沉了一下，「嗯，當然可以。」

她在電話那頭沉默着，他也彷彿靜候着審判，一顆心卻愈沉愈深，他慶幸自己在電話裏相約她，避過當面被拒絕的難堪。

一陣長久的沉默在彼此之間流過，他幾乎要開口自動放棄，跟她說「沒關係，我明白了，這事就罷了」之類的話，她卻開口了。

「既然如此——」藍閱山說：「明天，陪我去一個地方。」

他精神為之一振，「好啊！」

「我們去踏單車。」

「好啊，我會沿途保護着妳！」

阿閱用最愉快的聲音說。

2

跟肥波見面後，他的話一直在藍閱山心頭縈繞不去。

她尤其記得，肥波用維護朋友的認真語氣說：「拜託，請妳不要再玩弄他了！不要再說什麼『假設你是要追求我的人』或『我是被你追求着的人』……不要玩這些幼稚的把戲，更不要讓他對妳動了真感情！」

在英文課上，老師派發試卷，要同學進行一次計算入全年成績的考試時，藍閱山反復想着這幾句話，呆着停下筆來。坐在課室前頭、搔破頭皮也想不出答案的任天堂，偶然張目四顧，他看到藍閱山正在發呆，滿以為她也不懂答題，便向她慘笑一下，她看他一眼便別過頭去了。

當她聽到老師宣布，還有五分鐘便收卷，她看着空白一片的卷子，勉強打起精神，開始執筆疾書。

那個聰明又懶惰的老師，剛剛以同學互相交換的方法批改試卷，任天堂正好負責改藍閱山那一份。八十條 MC 題，她答對了七十六題，佔二十分的一條長題目，她答中了四個重點，令整份卷得到接近滿分的成績。

可憐的任天堂也很厲害，他拿到三十分。

午飯時分，任天堂走到藍閱山的座位前，以他一貫演話劇式的誇張表情及高八度的聲線，充滿驚異地問：「藍閱山，妳大部分考試時間也在做夢，為何會得到如此高的分數？」

藍閱山聳聳肩笑一下，她這天的心情欠佳，不知不覺就不加細慮地吐了真話：「我的成績一向也很好，就像是與生俱來的本能。」

任天堂的神情更驚訝了，藍閱山心裏冷笑一下，一定是她的態度有夠囂張了吧。

「對啊，我們去吃飯，妳也來吧。」

「我不太餓，你們去吧。」她心情不好。

任天堂壓低聲音，用說秘密的語氣說：「今日我們班上有兩個同學生日，就當作生日慶祝啊。」

「他倆生日，跟我有什麼關係？」

「妳生日的時候，他倆也有替妳慶祝啊！」

「我從來沒要求你們這樣做。」她倔強地說。

任天堂嘆了口氣，雖然藍閱山身為校花，但她算是不解溫柔的那一類女孩，對周遭的人也有點漠不關心，他只能說：「那麼，沒關係……先走啦。」然後，他用遠處的同學也聽得見的聲量說：「哎啊，妳胃痛吃不下東西了啊？那麼，我們改約下次吧！」便隨大家離開課室。

藍閱山對任天堂的偽善，實在深感佩服。

當大伙同學散盡後，在空無一人的課室，她又不禁細想着肥波的話。她知道肥波的話並無不對。就算她真的喜歡藍閱山，但無論她怎樣解釋自己是認真的、再怎樣解釋自己是平凡的，也不可能得到他信任吧。

她弄明這一點，就知自己該怎做。而她知道自己即將要做的事，令她的心情變得忐忑不安。

3

下課後，兩人相約在單車徑的起點等候。

阿閱第一次見到藍閱山穿校服的模樣，她所讀的 Band 1 學校真令他妒忌到極點，就連校服的顏色和剪裁也醒目漂亮，配襯在她身上，讓她活像一個妙齡公主，只差沒戴上后冠而已。

反觀自己那套可憐的校服，無論設計和用料也第九流，令全校學生也像乞兒一樣。

所以，每天一離開學校，他總會把白恤衫從褲頭裏抽出來，也少扣一兩顆鈕扣，讓自己看起來更粗獷豪邁一點，掩飾可笑的「囧相」。

「妳穿上校服的樣子好像特別漂亮啊！」他忍不住讚美她。

她翻翻白眼，回了一句：「你找到適合的人，才說恭維話吧！」

「這可不是恭維。」他真心真意的說。

「那麼，你選錯人了。」她說：「恭維或真心話，對我來說一樣不適用。」

他苦笑了，她真是一棵碰一下都會令人受傷的仙人掌。

兩人租了單車後出發，在非假期的下午，路上的單車很疏落，大路暢通，兩人以同樣的速度並排而行。陽光的熱力開始驟降，涼風襲面而來，整個氛圍也很舒適。

他自以為是的問了句：「妳很喜歡踏單車吧？」

「剛好相反。」

「嗯？」他又出乎意料。

「我最討厭就是踏單車。」藍閬山卻咬咬牙的說：「我對自己說過，永遠不會再踏單車了。誰要是向我提起踩單車這個提議，我會馬上跟他反面。」

阿閬聽呆了，由於他駕駛着單車，聽到她冷冰冰的話的同時，也聽到呼嘯的風聲，他有一刻以為是自己聽錯了，於是，他尋求確定地多問一句：

「既然妳這麼討厭踏單車，我們為何要來這裏？」

「因為，正如你所說的，這是我們相識一百天的紀念日。」

阿閬一下子不懂反應。

這時候，藍閬山把車速加快了，他只得在後面追着，她簡直像不要命地踩着踏板直往前衝，速度快得教他心跳加速。他在後面喊她，她卻好像充耳不聞，他只能死命地在後面猛追。

兩人的距離扯近又拉遠，可幸一路上的對頭車並不多，她避車和過車的技術一流。雖然，他在後頭看着，還是覺得險象橫生，看得膽戰心驚。

風馳電掣了約半小時，藍閱山終於停在一個避車處。阿閱也停下來，把單車泊好，感到自己的五臟六腑都要反轉了，渾身也被汗水濕透，頭昏腦脹。

他見她慢慢走到面海那邊的石壆，也不理會那堆大石頭會否弄污校裙，一屁股坐了下來。他雙腳發軟的走過去，跌坐在她身旁。

他真想好好發一次脾氣，但他卻沒有一個充分生氣的理由。

藍閱山駕駛單車的技術無疑是非常棒，若不是他拚命窮追不捨，也加上他是個氣力比較大的男生，他一早該遠遠被拋下了吧。

「好玩嗎？」她側着臉看他一眼。

「好玩！」他逞強地說，卻發現自己的聲音也在發抖。

「小學時代，我是個非常有運動天分的孩子，任何運動也難不倒我。無論是劍擊、跳遠、射箭、跑步、單車、溜冰等，我也手到拿來。」藍閱山微笑一下，繼續說：「我父母親也在各方面全力培育我，希望我長大後能入選國家代表隊，成為一個最傑出的運動員。」

「我跟他們的想法相同，我也相信妳可以。」他由衷說。

「可是，自中學開始，我放棄了一切。」她冷笑着說：「任何關於運動的事，我也不再參與。就算要上體育課，我也只是隨便動一下，沒人知道我真正的能耐。」

阿閲記起，藍閲山說自己討厭踏單車，但當他看過她有着職業運動員一樣的技術，他覺得真的太不可思議了，也實在太可惜。他想開口問為什麼，為何她要放棄這種不可多得的天分？這時，藍閲山遙望着面前的大海說：「看啊，開始日落了。」

他也就停止說話，循着她的視線看去。

鹹蛋黃般的太陽正落在大海中央，水面泛起魚鱗狀的波紋，恍如把整片海也染紅了。微帶涼意的海風把他身上的汗水都揮發掉，他突然感到面頰給什麼輕拂着，原來是藍閲山被風揚起的長髮髮尖，他感到臉上癢癢的，心頭也是癢癢的。

當藍閲山入迷地凝視着夕陽，阿閲卻情不自禁地看她看得入迷。在四周虹霞的襯托下，她的輪廓深刻細緻，他不知告訴過自己多少次，他沒可能遇上比她更美的女孩。她是空前的，也是絕後了。

當他看得出神，藍閱山乍然的轉過臉看他，他一下子來不及別過臉，她向他笑一下，說：「你似乎沒有留意日落。」

他這才把臉移開，落日的光芒已消失得七七八八，恍如一個遇溺的人，在海面上作最後掙扎。

「剛才看着我的時候，你在想什麼？」

「沒什麼。」他慢慢移開了視線，不敢正視她。

「你不是答『沒有』，即是在『沒什麼』之中，總有些什麼吧。」

他一下給她揭穿，只好憨笑着瞄她一眼，說：「只是一些非常非常無聊的想法。」

「那就非常非常無聊地告訴我啊。」她說得很狡黠。

阿閱抿起了嘴巴，其實，那可不是無聊的想法，只是心裏有話口難開。回首已然落幕的紅日，他也明白這一刻的好景會不常，最後，連帶着她也會消失得無影無蹤吧？

在進退之間，他鼓起了全身最大的勇氣，轉向她用輕鬆的語氣說：

「我在想啊，假設那個想追求妳的人，在此時此景之下，他一定會忍不住想吻妳的吧……當然，這只是一個假設，並不代表——」

「那就吻我。」

阿閱驚異地注視着藍閱山那張天使般的面孔，想要弄清那是不是一個笑話。

她說：「假設我是那個被他追求的人，我在這一刻不介意被吻。」語畢，她輕輕合上雙眼。

他一顆心劇烈的跳動，像要從喉頭躍出來。

就算，這件事看起來過分夢幻，他終究還是抵不住內心的欲望，輕輕湊過臉去，將嘴唇輕輕貼到她豐腴的嘴唇上。

她一點也沒反抗，卻恍如要默默接受什麼處分似的。於是，阿閱適可而止地把臉別開，不明白她為何會流露出這種帶着痛楚的表情。

藍閱山感覺到他的嘴唇移開了，才慢慢張開了眼睛，凝視着他的雙眼，問了一句話：「假設，他是真的喜歡我的嗎？」

他非常確定的點點頭。

她笑了一笑，「那麼，在此之前，我要告訴他一件事。」

他用詢問的眼神凝視着她，當然無法猜出她下一句會說什麼。

「小時候，有次我在踏單車時，為了閃避一個迎面而來冒失的小女孩，我翻車了。」

「嗯，真可憐。」

「就在這裏。」她向前面的大小尖石抬了抬下巴，冷靜地說：「我的車速實在太快，完全來不及煞車，我一扭方向，單車便失控撞上石壆，我整個人被拋飛。我只記得自己的臉首先重重着地，然後便失去知覺。」

他一臉呆然地看着她。

「我醒來的時候，已經身在醫院了。」藍閱山用毫無抑揚頓挫的聲音說：「我的臉包裹着厚厚的綳帶，我一直害怕自己的臉會變成怎樣，我問父母，他們只叫我不用擔心。一個月後，醫生終於替我把綳帶拆下來。」

阿閱心裏在暗暗安慰。雖然，她臉部經歷了那麼巨大的創傷，但慶幸沒大礙，她這一刻看來依然是美得不可方物。

「我拿起鏡子，看着鏡裏的自己。我根本半點也認不出自己！那張漂亮得無從挑剔的臉，根本不是我的臉。我的臉不是這樣的。」

藍閱山臉上浮起一個讓任何男人也無法抗拒的笑容，向驚駭得瞪大雙眼的阿閱說：「所以，你喜歡的不是我，只是整容醫生給我的這一張臉！」

阿閱乍聽到這種匪夷所思的事，心裏的震撼無以復加，不知該作什麼樣的反應，他只得安慰着說：「妳父母一定很傷心。」

她忽然失笑的看他，「你為何會這樣認為？」

「因為，自己女兒的樣貌變得……不同了。」他腦裏一片混亂，用力摔一下頭，自覺說了傻話：「不對啊，醫生只會負責治好妳臉上的傷勢，不可能會將妳擅自改頭換面……難道——」他想到什麼，忽然說不出話來，瞪大雙眼，用難以置信的眼神看着她。

「當醫生為我拆下繃帶的時候，我父母也在場，我驚恐地看着他們，竟發現兩人在異常滿足地微笑。」藍閱山恍如回到當時，眼神猶有餘悸，「那一刻，我才驚覺到，醫生進行的整容手術，都是由他們安排的！」

阿閱不自覺的把嘴巴張得老大，喉頭裏好像哽了一隻青蛙，咯咯作響。

「我想，我當時真是瘋掉了，我把鏡子用力擲到牆上，玻璃碎片撒滿一地，卻反照出更多個不是我的自己。我大聲質問父母，母親說：『山山，妳的臉被撞得血肉模糊，所以，我們才迫不得已地請醫生修整一下！』我叫得更瘋了，問她為何不修復回我本來的臉貌？她只是用理直氣壯的語氣說：『反正也是要整容，倒不如整得更好啊！』我後來才知道，這一切皆是我母親的主意，父親只是保持着沉默，卻沒說出一句反對的話。」

阿閱聽得心寒，這簡直是恐怖電影的情節。

捫心自問，若有一天，當他一覺醒來，發現自己在不情不願下被換成另一張臉孔，他相信自己也會瘋掉吧。

他發了好一陣呆，稍稍冷靜下來，他忍不住的問她：

「那麼，妳本來的樣貌……是怎樣的？」

這一次，輪到藍閱山沉默下來，她一雙幼眉輕輕一蹙，他卻可感到她因他的話而受到傷害，他知道自己觸碰到禁忌，連忙說：「對不起，我不該問——」

她打斷了他的話：「不，你應該問，而我也應該一早讓你知道。我倆有着相同的名字，相識也有三個月了，你怎可以連我的真面目也懵然不知？」她的聲音頓了一下，說了一句：「我本來的樣貌，很平凡。」

這句話出自一位美女口中，恕阿閱的腦袋一下轉不過來，他對「很平凡」這三個字全無概念，只能苦笑了一下。

藍閱山慢慢說下去：「平凡得走在街上，沒一個人有興趣回頭看我一眼；平凡得走到商店門前，無人會意識到要替我開門；平凡得買東西議價時，店主卻連九五折也不肯給我；平凡得我趕不上升降機，裏面的人會用嘲笑的眼神在門縫間看我，卻絕無意圖替我按着開門掣。」她凝視着阿閱的臉，恍如要他牢記她說的一字一句：「如果，這還不能令你聯想到我的樣貌……不如這樣說，我的父母皆是公認的郎才女貌，小時候，每次他們帶我出街，人家都會着迷地看着他倆，但當他們轉臉看我，均會露出失望或愕然的神情，他們看着我的表情，就好像懷疑我是否只是父母善心收留的養女。」

阿閱看着眼前的藍閱山，她一張臉美得像油畫一樣，無論用上怎樣無遠弗屆的想像力，也無法想像到她以前那張臉是怎樣的……他也嘗試努力去聯想那些『化妝前』和『喬裝後』的網上影片，但沒法子，他這個人畢竟欠缺豐富的想像力。

可是，他至少明白，為什麼兩人在快餐店碰上她的小學同學，藍閱山的反應這樣奇怪；他終於明白眾人為何一點也不認得她，也明白為何會觸動她發了一場不小的脾氣。

藍閱山的神情忽然冒起一陣悲哀，「所以，我沒法喜歡他。」

「嗯？」

「假設你是追求我的那個人，我無法喜歡他，很對不起。」她一臉木然地說：「因為，我是個只懂得利用這張美麗臉孔去玩弄男人的無聊女生而已！」

「妳不必這樣做。」他慢慢冷靜下來，試圖安撫她：這一切不是妳的錯，妳只是——」

她迅即打斷他的話：「你還不明白嗎？你看你多蠢啊！」她咬咬牙地說：「這是我的面具啊！你試試戴起一個面具，你也會做盡一切不負責任的事！因為，你會變成另一個人！」

他心裏確實痛了一下，只好微笑着說：「妳太認真了，」他聽到自己說：「這只是遊戲而已……我倆只是在玩一場假設的遊戲，不必說對不起。」

藍閱山忽爾掀起了一個哀愁的微笑，「是這樣嗎？既然如此，我倆可不是打成平手了？」

「對啊，遊戲結束了。」他木然的說：「我們彼此沒有輸贏。」

然而，不分輸贏的兩人，卻知道對方都令自己受了一點傷。

為一個臉孔而着迷，
未免過於膚淺吧？
但我又情願原諒那個
不由自主的自己。

人實在無法抗拒能讓你全身發抖、
胸口如被猛地揪着的東西。

我還是天真地相信，
這種對美的執迷，
始終是一份美麗的心情……

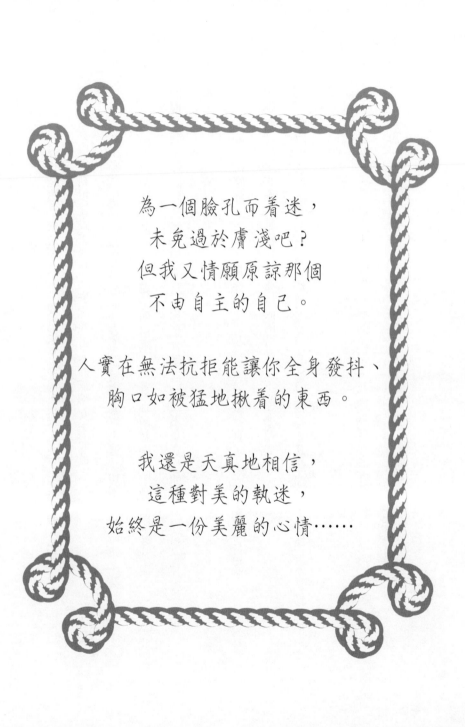

第 7 章

我們沒有輸贏，
但我們都受傷了

人活到某一個點，
就會明白輸贏的深層奧義。

無論你做什麼、不做什麼；
做得多好、做得多爛；
也會有人喜歡，卻又同時惹
一些另的人不快。

所以，慢慢你就明白了，
輸贏不是一次性的，也只會
愈鬥愈累。
倒不如，讓自己做一些令自己
快樂的事吧，
贏得你心的，覺得值得的，
就是不戰而勝。

1

翌日早上，阿閱回到聖本心書院，距離上課時間尚有十五分鐘，他只得走到食物部呆坐，啃着三文治及喝着枝裝維他奶，默默想起藍閱山昨天對他說的話，只覺滿心也是悵惘。

就在他胡思亂想之際，突然聽到一名男生大喝一聲：「阿金，日昇是給仰光害死的！妳絕對不能把殺人兇手留在身邊！」他的聲音之大，令整個食物部內的學生也轉過頭來，看看發生何事。

藍閱山不認識那個男生，也不知他的話是真是假。只知道他此言一出，一個短髮女生就走向一個把頭髮染得紫紅的男生面前，厲聲質問他：「日昇的死只是意外，對不對？」男生只是低頭默言不語，短髮女生就這樣直視他，但他卻一直垂下眼，既沒回答她的問題，也沒跟她有眼神接觸。

女生忽然發難，走到最接近她的阿閱那張桌前，隨手就拿起他喝完了的維他奶瓶，「鏗」的一聲打碎它，把玻璃瓶的鋒利斷口抵住男生下巴，男生被迫抬頭看她。

她的神情激動：「說話啊！你只須說一句話！」

男生依然抿着嘴巴，由始至終也沒說一句話。

女生握着玻璃瓶的手劇烈抖顫，玻璃斷口已劃破男生的下巴，鮮血沿着玻璃瓶流到她手上，再由她的虎口滴落到地上。

食物部內所有學生，皆看得觸目驚心，但大家卻抱着吃花生看好戲的心態，絲毫沒有上前調停之意，阿閱當然也一樣。只不過，那對激烈爭吵的男女生跟他距離實在太近，他真怕會殃及池魚。

他本想逃開，但雙腳卻狠狠發軟，只能僵坐在原位，被迫觀看這場血淋淋的慘劇。

就所有人也不懂反應的一刻，一個鬼魅似的高大男生，緩緩地走到兩人之間，對女生嚴肅地說了句：「不要令到日昇連死後的平靜也沒有。」他輕輕抓住女生的手腕，輕輕拿下了破瓶。

女生恍如受了重大刺激，雙眼一閉，就這樣暈倒了。被她刺傷的男生也不顧自己頸上和白恤衫的衣襟上滿是鮮血，在女生軟弱無力地倒地之前，將她緊緊抱住，一臉焦慮地把她抱離食物部。

那個鬼魅似的男生，把手裏的破瓶擲進垃圾箱。他走過阿閱身邊時，對他說：「連累你不能『按樽』了。」

阿閱仍為剛才的事而驚惶失措，他反而感謝男生迅速完結這場鬧劇。

「女人光火的時候，真有能力把整個世界摧毀。」高大男生從衣袋中掏出一個兩元硬幣，放在桌上，對阿閱露出慰問似的微微一笑，「我替那個女生向你道歉，很對不起。」語畢，便慢慢走了開去。

阿閱苦笑一下，他心裏佩服這名男生的冷靜處事和細心善後的手法，再看看地上斑駁的血跡，他拿起那個硬幣，急忙逃出食物部。

他急步走進男廁，用雙手掬起冷水洗臉，好不容易才叫自己冷靜下來。事實上，他從來沒有那麼清楚、那麼近距離地看到鮮血從一個人的傷口滲出來，他突然幻想着，藍閱山翻車那一幕，她的臉給大大小小的尖石砸爛，甚至砍開。他又想到她曾經從學校天台跳下來……他的心頭好像給一記接一記的直拳狠狠猛擊。

在她身上發生的苦難，已經夠多夠痛了。

所以，他不再感到恐怖，反而對她增添了數之不盡的憐惜。……………

*****

下課後，藍閱山百無聊賴地回家，見到母親坐在沙發上，不知正翻閱什麼文件。她一如往常地沒跟母親打一聲招呼，便想逕自返回位於閣樓的房間。

當她正拐上螺旋形樓梯時，母親喊住她：「山山，妳換過衣服後下來一下，我有一些外國升學的資料，打算給妳看看。」

藍閱山用冷冷的語氣問：「妳要去外國升學嗎？」

「山山，妳今年九月就會出發去英國升學。我已聯絡了哈佛那邊，以妳的成績，我相信絕無問題。」

她步上樓梯的腳步凝住，用雙手扶着樓梯的把手，回頭緊盯着客廳前的母親問：「妳再說一遍？」

母親仰起臉，對她露出微笑說：「由於開學時的機位異常緊張，我已一早替妳訂了機票。現在距離九月還有三個月時間，妳應該要作好準備——」話沒說完，一個 agnes.b 的袋子已飛擲到沙發，把沙發旁的一個花瓶擊碎了，發出驚人巨響，幾個傭人趕忙走出來看看發生何事。

藍閱山像一團火似的衝下樓梯，發狂地把母親手上的文件撕成了一條條紙屑，然後，用盡全身氣力大喊：「妳玩夠沒有？我可不是妳的芭比洋娃娃！」

母親搖搖頭，平靜地說：「我從來沒有把妳當成玩具，身為一個母親，我只是盡我所能，替妳作出最好的安排！」

「最好的安排！」藍閱山挖苦地笑了起來，「當然啊！妳的安排永遠是最好的！我也在妳的悉心安排之下，不停進化成為最好的！」她轉身面向幾個身穿白袍的女傭人，對一臉不知所措的她們說：「大家應該不知道母親對我有多好吧？讓我告訴妳們吧！小時候陪着我成長的工人，統統給我母親辭退了。我那次從醫院回來後，便見到完全陌生的妳們！但大家知道我在醫院裏發生什麼事了嗎，其實我——」

就在這時候，母親霍地站起身來，給藍閱山一記耳光。

那記耳光是如此狠辣，讓她整個口腔在發麻，彷彿一張臉頰已不再屬於她自己，教她痛得完全無法說出接下來的話。

「山山，妳今日的話說夠了，馬上回睡房休息。」

藍閱山用手掩着左邊臉，露出一個怪異的笑容，「哎啊，妳不怕弄壞妳的製成品嗎？」說完這話，她就衝出門口去。

＊＊＊＊＊

傍晚時分，阿閔出席小學同學聚會。

本來，一群舊生在升中時已各散東西，他繼續保持聯絡的，就只有肥波一人而已。但最近，一班舊同學在 Facebook 內懷舊，也不知是誰先發起，大家便湊熱鬧，說要出來吃飯重聚。

阿閔在去不去也沒所謂的情況下，思前想後，最後決定赴約，跟大家聚聚。

在一間位於尖沙咀重慶大廈的印度餐廳內，阿閔見回已經有幾年沒見的小學同學，尤其是女生們，令他目不暇給。幾年的時間不算長，但有些女生變漂亮了；有些則醜上加醜；有些肥胖的變得骨瘦如柴；有些沒身材的變了卡通片裏的愛美神，讓人有衝上前搶包山的衝動。

廿多個同學之中，狀態保養得最好的，就只有郭抒瑤一個女生而已。事實上，郭抒瑤在小學時代早已是校內的風頭躉，阿閱記得自己暗戀過她一陣子，但由於他「太」自量力，所以，別說追求她，他連暗戀的念頭也很快打消了，因為暗戀她的人也實在太多了。

席間大家提起了肥波，眾人問肥波最好的朋友阿閱為何他沒出席，阿閱很簡單地說兩人已有很久沒見，他也不知道肥波的近況。

而真相是肥波不希望讓大家得知他患上癌症。

肥波對他說過：「我有病關他們屁事？他們也不必勉強露出同情的無聊目光，或者更無聊地說什麼『生命不在乎長度，只在乎闊度。』等廢話！」

肥波的心情，他能夠理解，他甚至相信，肥波應該比他更期待這次聚會，只因肥波當年也暗戀過郭抒瑤。

也因為如此，阿閱這次來聚會，肥波給了他一個危險的任務。他不惜借出寶貝專業級單鏡反光相機，請求阿閱替他拍下郭抒瑤的走光照片。阿閱感到很為難，他是個連拍照也不太情願的人，的確很難接受自己把一枝火箭炮般的長鏡頭，對準一名女生的胸口啊！

當大家各自談起自己的近況，藍閱山莫名其妙地，把自己形容成一個極受班上同學們愛戴的同學，這叫一群舊同學們羨慕不已。有些人說自己在新學校跟同學們格格不入，阿閱力勸他們應該投其所好，千萬別做犯眾憎的事，否則，一旦成為給一眾同學杯葛或欺淩的對象，將會落得極度悲慘的下場。

看到大家向自己投以讚歎的眼神，阿閱忽然覺得自己縱是說謊，也活得比現實中好。

曲終人散之前，藍閱山終於找到一個千載難逢的機會，就是當大家看到他那部價值不菲的專業相機時也請他充當是晚的攝影師。他趁機瘋狂地為大家拍大合照，還有眾人得意忘形地扮鬼扮馬的照片。

當然，他不負肥波所託，好好把握了機會，拍下了大量穿着鬆身T恤，慷慨地酥胸半露的郭抒瑤的照片。

可是，在他拍着拍着的時候，他卻留意到郭抒瑤三分側臉的樣子，不知恁地卻有點像藍閱山。

他為自己無緣無故又想起藍閱山而苦笑，他已經一整天不能歇止的去想她，他只想稍停片刻而已。

他討厭這種被支配的感覺，但與此同時，他又自虐地享受這種感覺……他喜歡被她支配着的不能自己。

2

藍閱山衝出家門已經老半天，身上就只穿着一套校服裙，什麼都沒帶。她徒步走了幾個地鐵站，漫無目的地走到商場內，路過一間快餐店門口，嗅到店裏傳出的食物香味。餓得飢寒交逼的她，簡直就像一頭給主人遺棄在街頭的小狗，她幾乎要昏倒了，但還是堅持不肯回家。

到了晚上九時，當她筋疲力倦地在街上流連時，一輛車頭玻璃前放着一排「醇薄荷萬寶路」煙盒的小貨車停在路邊，一個MK打扮的中年司機問她要不要上車兜風？她好像聽而不聞，一聲不響就走開。

時間好像走得更慢，一直捱到晚上十時多，藍閱山累得連眼皮也睜不開來。滿以為很堅強的她也有點受不了，想放棄堅持，乘計程車回家，讓母親替她付車錢，但她死命不肯這樣做，她不甘心在母親面前屈服。

路人看見那麼晚仍身穿校服的藍閱山，再看看她那張高顏值的臉孔，紛紛向她投以慰問多於怪責的眼神，可是，對她來說，那是一種最悲哀的嘲笑。

當她全身乏力，呆立在街上的時候，一個穿着整潔西裝的男人走到她身邊，用溫柔的語氣，眼神卻有異樣的問：「小姐，我有什麼可幫忙嗎？」

藍閱山的意志被消磨得七七八八，她忽爾充滿惡意地利用那張根本不屬於自己的美麗臉孔，朝這個男人展露了媚笑，「你也要我幫忙嗎？」

*****

阿閱返回家中，打開電腦，把剛才拍的照片存入電腦，然後分門別類。大伙兒的合照就放進 Facebook 的相簿裏，讓舊同學們可自由存取，而偷拍郭抒瑤那一大堆，就用電郵以檔案的方式傳給肥波。

他自以為功德圓滿，誰料肥波卻馬上來電破口大罵：「為何全部都是她的三七臉？你在搞什麼啊？你的角度就不懂順手拉下一點嗎？我要胸部啊！你這個姓藍的賤種也太自私了吧！如果你私下藏起那些珍貴照片，你一定會遭天譴！會生睪丸癌的啊！」

阿閱笑着把剩下的一堆相片傳出，他整蠱到肥波了吧。

把照片全部寄出之後，他準備關上電腦，突然想到一件事。

他在Google的搜尋欄上打了「藍閱山」這三個字，也打上她讀過那間小學的名字，最後，在反復尋覓、輾轉追溯之下，他終於找到由她一個舊同學放上網的舊校刊，在幾幅學生合照中，他終於追尋回過去的藍閱山了。

那是一個相貌平凡不已的藍閱山。

不，不是這樣的，他說了一點白色的謊言。假如要他用一個男性看女孩子的角度來評價，她連平庸也談不上。真實但殘酷的說——她真像一塊煎得太熟的豬扒！

可是，阿閱卻驚訝地發現，過去那個膚色黑黝黝、扁鼻扁面的藍閱山，臉上卻是笑容可掬……那是打從內心發出的笑臉。

他默默看着那抹真摯的笑容，不禁看得呆了。

頃刻間，他覺得自己深深探入了她的內心。

他不再膚淺地喜歡她漂亮的臉孔。他感覺自己喜歡了她整個人，這包括她一整個過去和現在，更為她整個人生的不幸遭遇而痛心疾首。

終於，他明白藍閱山為何無時無刻也保持着冷漠和憤怒，因為，她必須作出反抗的舉動，否則，她便會被那張不屬於她的、洋洋得意地恥笑她的臉孔，完全地吞噬。

在這麼一刻，阿閱真的很想念她，比起任何一刻都更加想念她。

終於，他拿起手機致電給她，她的電話卻不能接通。他再打兩遍，結果也是一樣。

他看看鐘，時間快接近凌晨十二時了，想她已是睡了吧？

三分鐘後，他的手機突然響起，他看到是一個沒有來電顯示的來電，有一刻在想是不是他的「好同學」用電話作弄他？他猶豫半响才接聽，低沉地喂了一聲，電話那頭有了一秒鐘沉默，一把恍如帶着驚喜的聲音響亮地說：「藍——閔——山！」

「藍——閔——山！」他也認出了她的聲音，感覺怪異地說：「我剛才才找過妳！」

「真的嗎？找過我多少次？」

「三次，但妳的電話直駁到留言信箱去。」他感到太奇妙，「但我也沒留言，所以，妳不可能知道我有找過妳的啊？」

「我不知道你找過我，我只知道，我找了你五百幾次！」

「妳別說笑吧，我一直開着電話。」

「此事一言難盡……對了，我離家出走了，身上什麼也沒有，今晚也不會回家……我在一家便利店內。」她單刀直入的問：「你可不可收容我一晚？」

一個女子深夜在街外流連很危險，無論是誰，他也不會見死不救。他偷偷探頭看出客廳，母親已回房間睡了。

他爽快地說：「當然可以，快來。」

3

藍閱山依着阿閱給她的地址，乘搭計程車儘快趕往他的家。車程途中，彷彿終於找到依歸的她，整個人完全放鬆下來，變得好睏好睏。

一小時前，她跟那個穿西裝的男人進行了一宗交易。

男人說了幾項條件她也不答應，直至他想要她身上戴着的胸圍，她才終於答允。在公廁內，她把胸圍脫下，交給在公廁門外等候的西裝男人。男人興奮地接過尚有着她體溫的胸圍，拿到鼻下用力一索，露出了快感的神情。他即付了她要求的一千元大鈔，兩人各取所需地離開了。

雖然，她在校服上還穿了一件薄薄的毛衣，但沒穿胸圍的她，還是一點安全感也沒有。她一直將雙手緊緊地交疊在胸前，路過幾家開得很晚的食店，但看到裏面的食客龍蛇混雜，餓得肚子空空洞洞的她，就是不敢走進去。最後，她走進一間燈火通明的便利店，買了幾件微波爐食品，即席瑟縮在店內一角狼吞虎嚥起來。

總算有了一些溫飽，她的腦袋回復運作，於是，她買了一張預付咭，使用了便利店內的一台收費電話，一邊吃着燒賣一邊撥打電話。

對於自己一氣之下離家出走，她毫不後悔，只後悔自己把手機留在書包內，更後悔自己沒有把藍閲山的手機號碼牢牢記住。

由於兩人的手機號碼有一點相近，她只隱約記起他八個號碼的前五個數字而已，最後那三個字，她卻連丁點兒的印象也沒有。但她已經沒法子了，她想找到他，就只好由「001」開始，一個一個數字地嘗試。

當中有不少號碼被轉駁到留言信箱，她無法留言，還有不計其數因這個時分打錯電話而落得被罵的下場，她只能抱歉但無聲地掛線。

終於，當打到了五百幾次，按到了「518」，她終於聽到藍閲山的聲音。

在此之前，她不認為自己會一下子認出他，起碼要問一句：「藍閲山嗎？」但她真的只憑他「喂」的一聲，便即時認得他了。

她喜歡這種一錘定音的確認感。

＊＊＊＊＊

阿閱在家樓下接她，見到身穿校服的她一臉疲累憔悴，平日的豔光蕩然無存。

他心裏赫然一驚，表面上卻當作若無其事，也暫時不發問，攝手攝腳的把帶她進屋內，一步一驚心。當他把自己的睡房房門關上，確定沒給母親發現，他才鬆一口氣。

小房間本來已很狹窄，二人共處一室更顯得擠迫，由於太侷促，阿閱感到手足無措，只好馬上拿出大毛巾和他的T恤，對她輕聲地說：「妳要不要先洗一個澡？」

「我可不可以就此睡去？」她雙眼滿是紅筋的問。

「當然可以，妳應該也很累了。」他點點頭，微笑着說：「枕頭和牀單剛換過了，都是乾淨的。」

「你真好。」她看着那張單人牀，問他：「你呢？你今晚怎樣睡？」

「我今晚要通宵趕功課，恐怕沒法子睡了。」

她點一下頭，便爬上睡牀，對他說：「你要先轉過身子。」

阿閱便背向她，她在他身後說：「我習慣了裸睡。」

他猛吞一口口水，用蠻輕鬆的語氣說：「不怕着涼嘛？」

「不怕啦！這樣會睡得很舒服，你不妨試一下。」她說：「好了，你可轉過身來。」

阿閱心如鹿撞的轉身，看到藍閱山把校服整齊地疊到牀邊，也把被子蓋至頸前，他心裏才總算踏實了點。她躺在牀上，側着臉看他，朝他疲乏一笑，「那麼，我先睡了，晚安囉。」

「晚安。」

他關上房間天花板上的燈，背對着她，坐在書桌前，開啟了桌上的小枱燈。打開電腦時，他把聲量調校至靜音。

雖然很可笑，但阿閱慶幸自己真有功課要趕，讓他必須乖乖地專心工作，但一想到自己的牀上正躺着一個赤裸的女子，他便陷入無窮無盡的幻想中，使他頭皮發麻。

他忍耐了五分鐘，終於忍不住側着臉偷眼看藍閱山一眼，才發現她已沉沉睡去了。她睡着的時候有種可怕的安靜，連一點鼻息也沒有，就像她並不存在一樣。

他忽然記起，唸小學時，他曾經跟肥波一起去烏溪沙宿營，肥波投訴說他的鼻鼾聲簡直如雷貫耳，他辯說不知者不罪啊！氣得肥波暴跳如雷，他那肥胖的身軀，差點便從上格牀滾下來。

當他胡思亂想之際，一直仰睡着的藍閱山突然翻過身子，變成側睡，被子給一拉之下，滑下到她胸前。阿閱駭然大驚，一張臉熱透了。他考慮半響，還是忍不住走向牀邊。

他用劇抖的手指，緩緩伸到她胸前，把她壓低了的被子小心翼翼的拉起，蓋過了她雪白的肩膊，直至下巴前才停下。

在那麼近的距離下凝視着藍閔山，從她如嬰兒般無憂無慮的表情，他大可逆轉地想像到她剛才一定擔驚受怕，所以，尤如繃得緊緊又放開的橡筋圈，她終於能完全放鬆下來。

他心裏生出一種感動，一種被完全託賴的感動。他在心裏說：「這裏很安全，請妳忘記煩惱，好好睡一覺吧！」

返回椅子上，他不再看她一眼，無比專注的做功課，眼前的作業卻愈看愈模糊，最後，他也閉起雙眼，伏在桌上睡去了。

滿以為我會睡不着的，
可是，
完全出乎意料地，
我很快便進入夢鄉。

當我想到自己拯救了疲累的你，
你的疲累也定必轉移到
我身上去了……

第8章

用我的存在，提醒妳的過去

無論你信不信也好，
就算我做了什麼看來像
背棄你的事，
我也只是換個方式，
繼續站在你這邊……

1

阿閱再張開眼時，只見身穿校服的藍閱山已半彎着身站在他身旁，正拉動書桌上的滑鼠，觀看今天的網上新聞，她的腰肢幼得像一折便斷，身段是誘人的S形，看得他口乾舌燥。

窗外有光線滲進來，他只能苦笑。本想在書桌上小睡一會，怎料竟一覺睡到天亮。他揉揉眼睛，跟她說了聲早晨，藍閱山笑着問：

「你的功課做好了沒有？」

「管它啦！」他只覺渾身痠痛，伸了個懶腰，對神采飛揚的她說：「妳的精神好好啊！」

「很久沒試過睡得那麼爽。」她愉快地笑，「但願我可以一直睡在你的牀。」

「但我可不能一直睡在椅子上啊！」

「那很簡單，你可以睡地板，嗯，衣櫃內也可以！」

他無奈地說：「我要不要拿個衣架把自己掛起來？」

「喂，我肚餓了，給我弄個早餐。」她斜視他，「我待你也算不薄，肚子餓也沒有走去廚房，免得見到你媽，發現你帶女友回家宿一宵！」

他自嘲一下：「這個妳倒不用擔心，我媽見到妳，絕對不會聯想到『女朋友』這回事，只會覺得她兒子非法禁錮着一名美女！」

阿閱替她走出客廳巡一遍，發現母親剛好去了公園晨運，他便快手快腳的到家樓下替她買一份早餐。當他走出公屋的門口，一輛停泊在對面馬路、不應該出現在這些爛屋村的名貴平治房車，即時引起了他注意，他見藍母坐在後座，跟走出來的他打了個照面。

藍母不用司機替她開車門，逕自走下車來。阿閱知道避無可避，只好向她走過去，唉，他低頭看看自己衣衫不整，又被逮到了。

「我女兒好嗎？」

藍閱山瞧見藍母的神情裏帶着一絲憔悴，不知她已在這裏待了多久，但他深明事理的問：「妳想接她回家嗎？」

「嗯。」藍母疲乏的回應。

「我去跟她說一聲。」

他捧着一碗外賣的皮蛋瘦肉粥回家，藍閱山吃得津津有味的。他坐在牀上，見她吃了半碗，應該有了點溫飽，才開口說：「我在樓下見到妳媽。」

藍閱山正用膠匙舀起一口粥，突然聽到這話，白皙的手凝在半空，一臉不悅的說：「她來這裏幹什麼？」

「難道她是剛巧路過嗎？不會吧？她是專程來接妳回去的。」

藍閱山靜默半晌，才延續剛才的動作，把那口粥放進嘴裏，用輕描淡寫的聲音說：「那麼，不用理會她，就讓她繼續等吧，她受不了自會離開。」

他看着堅決不讓步的藍閱山，嘗試努力調解，想停止這場母女之間的冷戰。

「對啊，還有，妳媽想跟妳說對不起。」

「她永遠不會這樣說。」藍閱山一聽到他這話，馬上發作。她用失望的眼神盯着他，「莫非，你想趕我走？」

他不置是否的搖搖頭，「妳倆始終是母女，總不能一輩子不和好的吧。」

「我只希望你叫我留下來，無論住上多久也沒問題！」

她衝口而出地說出這句惱怒的話後，馬上緊緊抿着雙唇，不再說話。

阿閱看着她激動得通紅的臉，他咬一咬牙，終於下了一個決定。

他走到電腦前，在「我的圖片」中搜索，一邊笑道：

「其實，回想起來，我說自己喜歡妳，只因妳很像一個我暗戀多年的女孩，我不想再惹誤會了。」

他在藍閱山面前，打開了郭抒瑤的照片。

藍閱山放下手裏捧着的粥，拿起滑鼠去看那批照片，大部分是拍攝到那個女孩三七分角度的側臉，驟眼看來，跟她真有那麼一點相像。

她搞不清他說的話是真是假，只知道自己的心給他傷到了。

她把那幾十幀照片看過一遍，右手從滑鼠上抽離，轉向藍閔山笑說：「不啦，只是你誤會了。」

阿閔看着她的臉，卻不敢直視她的雙眼。

「我一點也不像她，我比她醜太多了！所以，我到底不是你的女神。」她緩緩站起身，準備靜靜離開。

一直站在牀邊的阿閔，在她走過自己身邊，正要開門離開的一刻，從後拉起她的手腕。他有滿腔的話語卻說不出來。他感到自己的思緒一片混亂，無法真切表達這一刻的感受。

藍閔山並沒有轉過身來，只是面向着房門，用落寞不已的聲音，低聲說：「你媽也快回家，到時你會很難解釋吧？不要被她取笑你配不起我，我恐怕會生氣得大罵她的吧？」

聽着這話，阿閱終於鬆開了手，她頭也不回地離去了。

阿閱慢慢走到窗前，目送她步上平治房車，車子很快便在他的視線範圍內消失了。一夜沒睡好的他，倒在留藍閱山體香的牀上，他把頭深深埋進枕頭和被窩裏，忽然感到很寂寞……非常的寂寞。

＊＊＊＊＊

上課的時候，阿閱忽然感到背部傳來一陣痛楚，他轉過臉看了身後的男生一眼，拿着圓規的男生用抱歉的神情，卻毫無歉意的聲音說：「不好意思，一時滑手。」

他反手摸摸，白恤衫被圓規的尖頭刺穿了一個小洞，他對男生說：「我媽一定會問我，校服為何破了幾個洞啦！」

男生露出困惱的表情，「真可憐，你有那麼麻煩的媽媽啊？」

在下一節課，那男生的圓規又不斷「不小心」地滑了手，但阿閱沒那麼痛了，男生盡可能用不刺破衣服的力度去刺他。

他一整天都沒精打采，不斷承受同學們千奇百怪的攻擊和戲弄，但他這天卻好像完全抽離了自己的軀殼，腦海只是不斷沉思藍母跟他說的話，這使他無法不把藍閱山放走。

他只希望，有那麼一日，她會明白他放開她的手，只為了祝福她有更光明的明天。

*****

當天早上，藍母陪着他去粥店買早餐給藍閱山。

讓他滿心驚訝的是，他想走去平常光顧的那家，藍母卻叫他走遠一點到另一家。她向伙計要了一碗皮蛋瘦肉粥和一杯熱豆漿外賣，伙計應該從來沒在這等地方見過藍母這樣高貴的婦人，他們一直偷望她，樣子看來有點不自在和神不守舍。

兩人坐在一張圓桌旁等候，她告訴他：「這家店開了很多年，粥比較軟綿。」

阿閱一呆：「妳怎麼會知道？」

「我的朋友住在附近，我以前常常去她的家玩。因為，我也是在這裏長大的，所以我每次回來，那份似曾相識的感覺特別教我懷念。」藍母說：「自從我嫁人後，便沒有再來過了。」

他不知哪來的勇氣，挖苦了她一句：「這是社會基層結集的地方，不配合妳的身分了吧？」

「不，不是這樣。只不過，人是必須進步的。」她說：「如果明知現狀很不堪，而生命又不剩多少年，人就必須往前看，不該倒回去。」

他替藍閱山難過，「妳知道她為何一怒而去嗎？」

「我知道。」她說：「她去外國讀書，我也會捨不得，但我必須催逼她行這一步。」

「她有權選擇自己的未來。」

「對，她有權選擇，但她不懂選擇最好的。」她說：「做母親的，就必須替她去精挑細選。」

阿閱愈聽愈覺得不可理喻，忍不住爆發：「這也包括她的樣貌嗎？」

藍母的神情怔了一下，「她告訴你了。」

「對，她告訴我了！」

「她不應告訴你，你會傷害她的。」

「我不會。」

「只要你一日存在，即是時刻也在提醒着她，她不能拋開過去。

「我真不明白，妳為什麼必須要她拋開過去？」

「因為，她會一直被欺負。對女人來說，美貌，就是反擊傷害的最佳武器。」

他真的光火了，也不顧自己只是一個小輩的身分，直斥其非：

「伯母，她是妳女兒，妳怎可肆意批評她的樣貌？」

藍母看着阿閱一張漲紅了的臉，她慢慢垂下雙眼，沉默地打開她那鑲了水晶的黑色小手袋，取出一張照片，遞到他面前。

他板起臉，「不用，我看過她的舊照，清楚知道她以前是什麼樣子。」

「你看清楚一點。」藍母用指尖指向相中某人，由始至終也保持着平靜的語氣說：「這就是我必須替她整容的原因。」

藍閱山認真地仔細把相中人看了一遍又一遍，然後，推理能力不算太差的他，腦袋裏靈光一閃，就把整件事的來龍去脈弄清。

他不禁呆住了……對，他是完完全全地呆住了。

2

藍閱山跟着母親回家，當然並非出於自願。

她一路上保持沉默，只是一直把臉轉向窗外的風景，跟母親沒說過半句話。返家以後，她把自己鎖在房裏，一直不肯出來。傭人曾敲門請她出來吃飯，她也不作回應，只是一聲不響地躺在牀上，什麼也不想去理。

一幅幅與阿閱相處的畫面及片段，偏偏在她腦中不停閃現，縈繞不散。她不明白他為何忽然會變得冷漠無常，也不能確定自己是否只是他暗戀女孩的替身。對普通的女孩子來說，那種想法已構成了傷害；對一直覺得自己戴着面具做人的她來說，更是一種深深的重創。

她只是一直叫自己不要再想下去，卻愈想愈深。終於，在不知不覺之間，她懷着滿腦子問號睡去。轉醒過來時，天色已黑齊了，一整天只吃了半碗粥的她，肚子空虛得像穿了個大洞，終於忍不住想找點吃的。

當她走到房門前，發現地上有一個信封，是從門縫裏投進來的。

她打開一看，裏面有一張撕成兩半的香港往英國的單程機票，還有一張一分為二的入學證明書。她想了想，就拿着信封步下客廳。

母親靜靜坐在客廳的沙發上，不是在看雜誌，也沒有打開電視，整個家彌漫着一股奇怪的寂靜。她見女兒從閣樓步下來，便叫傭人們退下。她說：「山山，我倆一同吃飯吧。」

藍閱山看看那幾碟用白瓷碟蓋着的餸菜，她不知母親已等了她多久，但她也抵不住餓意，默默坐到水晶燈下的餐桌前。母親把一隻隻白瓷碟翻開，又親自替她盛了一碗滿滿的白飯。對於從來不做這些事的母親，這叫她感到愕然，但她也說不出一聲感謝，只是不斷的把飯塞進嘴巴內，想儘快把空虛的自己填滿。

終於，當她的飢餓感消減了點，便放下了飯碗和筷子，把放在睡袍內的信封拿出來，擺在餐桌上，問母親：「這是什麼意思？」

母親看看那個信封，溫和地說：「我想過了，將來的事，就由妳自己決定好了，如果妳對未來有什麼計劃，也不必為了跟我鬥氣而改變。」

「真的嗎？」藍閱山對母親的話不敢盡信，她瞪着她說：「妳是為了什麼事，才變得不想控制我了吧？」

「其實，我一直不希望讓妳覺得我在控制妳。」母親說：「但如果我給了妳那種感受，只是證明我心虛而已。」

「心虛？」她首次從母親口中聽到這兩個字，感到相當出奇。

「對啊，由於我的心虛，做了很多不自覺傷害了妳的事。」

藍閱山皺一下眉，「我不明白妳在說什麼。」

「給妳看一樣東西。」母親說完這話，走進她的房間。回來時，她手裏多了一本厚厚的相簿。她把相簿遞到女兒面前，「看完，妳自然會明白一切。」

藍閱山捧着那本沉甸甸的硬皮相簿，被一陣奇怪的不安感淹沒。

她心裏忽然響起「別看」的警號，但那種預警促使她有更大的衝動，想把它馬上翻開來看過究竟。

「沒關係的，妳看看吧。事實上，我應該一早讓妳知道真相。」母親說：「若是如此，妳可能會受少很多苦。」

藍閱山把相簿揭開。那是一張張發黃得幾近褪色的舊照片，每張照片右下角都印有拍攝日期，她算一下，該是攝於母親十多廿歲的時候。她逐頁逐頁地看下去，很快便認得出了年輕的楚阿姨，楚阿姨似乎是一眾少女當中最亮麗出眾的一個。

但她無論怎樣留神，就是無法找到跟楚阿姨同樣光芒四射的母親。

藍閱山奇怪地看着母親：「妳想給我看什麼?妳根本不在這些照片內。」

「不，我在照片內，我在每一張照片內。」

她把視線移回照片上，從頭再看一遍，有一些是一群女生茶聚的大合照，也有頭戴四方帽的畢業照片，沒分別的是，在楚阿姨身旁的任何人，不是樣貌平凡得面目模糊，就是乾脆地說一聲貌醜，跟眼前豔麗照人的母親，完全拉不上任何關連。

藍閱山開始生氣，她滿以為母親跟她開什麼無聊玩笑，當她正想發作，她突然留意到一幅楚阿姨和一名女子的二人合照，那女子頸上所戴的，正是母親最愛穿戴的一條項鍊。

她再翻看整本相簿，發現每一張照片裏也有那個女子。

她震驚得無以復加，唯一的反應就是目瞪口呆。因為，那女子是所有女生之中，最不堪入目的一個，也是她心裏也不禁感嘆一聲「這個女人醜得真會影響市容」的一個！

藍閱山再度抬起頭，只覺得整個頭顱重重的。

一切終於真相大白，她失聲地喊了一聲：「媽——」腦子像被挖空了，什麼話也吐不出來。

母親露出一個非常牽強的笑容，「因此，我一直也害怕被揭發，每一天每一分每一秒也害怕……別人的眼神都像在質疑我，一對俊男美女的組合，為何會生出一個樣子如此平庸的女兒呢？當所有人都開始懷疑，到最後便必定會被揭發的吧？到時候，這個家會破碎開來，我們倆母女也必遭嫌棄……」說着說着，她雙眼擒滿淚水。

藍閱山像個啞巴一樣，仍是半句話也說不出。

「那是我永遠無法啟齒的心虛，卻連累妳受了那麼多年的苦！」母親凝視着她，情緒終於崩潰下來，她難過地說：「山山，對不起，媽媽真的很對不起妳！」

藍閱山靜靜合上相簿，得悉這個最後的真相，比起拆開自己臉上的紗布時還要來得震撼。因此，恍如同病相憐，她體諒母親那種惶惶不可終日、患得患失的心情，對她的懷恨亦乍然消失。

她只是輕鬆的說：「不要緊，我倆也該慶幸手術非常成功。」她伸出雙手，握緊着母親的手背。

打從那次手術之後，一向愛撒嬌的藍閱山，便與母親疏離了。這是她首度重新的觸摸她。再次感受到母親的體溫，那種久違了的至親觸感，她為了自己願意跨出這重要的一步，感到莫大的安慰。

3

下課後，阿閱獨自去了單車徑，租了一輛單車後就拚命向前衝，駛過馬路旁一個暫時停工的工地時，信手借走一個沉甸甸的大鐵鎚。

他駛到那次跟藍閱山休息的石壆處，走在那堆害她毀容的尖石前，拿起鐵鎚，用盡全身力氣的砸下去，再砸下去，再砸下去！

尖石被一下一下猛擊之下，頓時碎石橫飛，塵土飛揚。

這個早上，藍母把自己年少時的照片給他看，告訴他：「這就是我必須替她整容的原因。」他看着相片裏那個整容前的藍母，那一張臉，忽然讓他想通了一切。

「我把人生中最大的秘密告訴你，只想讓你知道，雖然我是個自私的女人，但出此下策，只是為了女兒好。」藍母臉上有着掩不住的咎悔，「因為，萬一有一天，她父親發現了異樣，我倆母女也會遭嫌棄的。」

阿閱心軟下來，只要他設身處地去想想，陷入一個美色的大騙局，可不是每個男人也不介懷的。

所以，阿閱明白嫌棄這回事，他也不敢排除有那個可能性。

藍母注視着他，「所以，我請求你，別再纏着我女兒了，你會把她拖垮的。」

「伯母，我沒那個能力。」他的態度溫和了。

「你能否認，她不想去外國留學，沒有百分之一是為了你而留下？你能否認，如果她不是找到你，到了你家留宿，她最終也只能回家？」

他又是一陣怔然，原來，在不知不覺之間，他對她已是那麼重要。但也因此，他不得不正視自己對她的影響力，不想做出任何損她利己的事。

他用雙手把照片遞回藍母手中，慎重考慮一下才問：「那麼，如果我與她斷絕來往，妳能否答應我一件事？」

「你說吧。」

「不要再強逼她了。」他用強硬的語氣說：「從今以後，任何關於她的一切，由她自己去作主吧。」

藍母默言一刻，用力咬咬牙，輕輕點頭答允。

他盯住了她，「妳不會言而無信吧？」

「如果我做不到答應你的事，你大可把我的秘密說出去。」

「好，那麼，我也會做到答應妳的事。」他下了畢生最大的決心說：「由現在開始，藍閱山會跟藍閱山斷絕來往。」

*****

阿閱像個瘋子一樣，在夕陽映照下，把那幾塊大大小小的石頭，砸得幾乎完全粉碎。

不知過了多久，終於耗盡氣力的他，拋下鐵鎚，重重跌坐在地上。

他十隻手指的指縫間都滲出鮮血，兩手不住劇烈顫抖。

他根本停不下來，因為，他必須要這樣做。

我願意擋在你面前，
為你擊退一切妄想危害你的人。

甚至包括那一個，
希望抓緊你，
卻不知不覺傷害了你的我……

第9章

在鏡子裏照不出來的你

鏡子裏的我，
看來愈來愈寂寞了。
我很努力試圖表達出一點豁然，
卻換來一副騷擾了自己的表情。

我開始明白，
鏡子才是我最忠實的朋友……

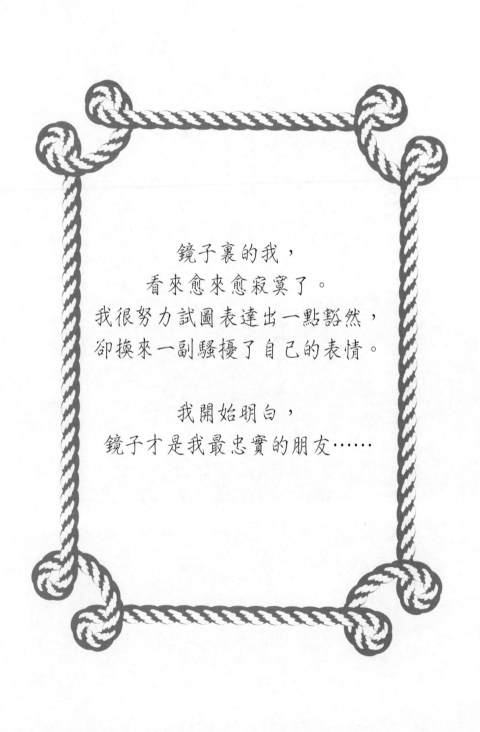

1

藍閱山一家，應邀出席一個城中著名的慈善晚會。

當三人踏進場內，旋即引起名流賓客們一陣哄動，大家皆向這長着明星臉的一家三口，投以既羨慕又讚歎的眼神，記者們的鎂光燈在他們身上閃過不絕，久久也不願移開相機鏡頭。

藍閱山已有好幾年沒出席過這種衣香鬢影的晚會，她這次是自願陪伴父母親同去。她滿以為自己一定會非常不習慣、非常緊張，想不到她卻是首度感到心情異常輕鬆，就像她與生俱來就得接受這種榮耀一樣，而她也毫不忸怩地享受着這種不是平凡人所能承受得起的感覺。

晚會中有一個慈善拍賣環節，台上的司儀請各位賓客出價競投各式各樣珍貴的拍賣品，譬如有古玩、珠寶首飾、藝術品等，坐在酒席上的藍閱山一家，只是靜靜看着大家熱鬧地競投。

當司儀宣布到了最後一件競投的拍賣品時，工作人員從後台拿出一幅油畫，上面畫了一個容貌醜陋的消防員。司儀説，那是由一個在一場火災中被嚴重燒傷的小朋友所畫的，是他對拯救他出火海、卻不幸殉職的那位消防員的印象。這位小朋友畫這幅畫來拍賣，不是為了自己，而是希望將所有收益捐獻給公益團體。

雖然，這幅畫畫得很醜，但大家也被它背後的故事所感動，叫價之聲此起彼落不絕於耳。當大家競投到十多萬的時候，出價停了下來。當主持人倒數三聲時，藍閱山忽然輕聲詢問：「爸，我可以買嗎？」

父親只是簡單點一下頭。

「出價多少也沒問題嗎？」

「沒問題，只要妳喜歡。」他微笑起來。

藍閱山在主持人敲下木槌的前一刻，揚手叫道：「五十萬！」場內響起一陣驚訝的歡呼聲。

司儀也呆了兩秒鐘，才回復應有的幽默反應：「這位美麗的小姐出價五十萬，有心想追她的請趁機舉手了！」引起哄堂大笑，最後，由藍閱山一家以五十萬元買下那幅油畫。

晚會接近尾聲的時候，藍閱山拿着一杯香檳，走出小陽台乘涼，遇見憑着欄杆遠眺整個中環夜景的楚阿姨。

她上前與楚阿姨打招呼，兩人舉起手裏的香檳杯輕敲一下。

「對啊，山山，我一直沒有正式感謝妳。」楚阿姨對她親暱地笑，「如果沒有妳，楚浮現在就不可能活得那麼快樂。」

藍閱山只以微笑作回應，她當然明白楚阿姨所指何事。

在學校內，跟她唸同一班的楚浮，一直是一個非常不受歡迎的女生。她受了楚阿姨所託，在校內不着痕跡地處處關照着楚浮。她用引領一群同學捉弄楚浮的方法，有技巧地讓那個總愛多管閒事、號稱「全宇宙的朋友」的任天堂，成為楚浮的守護天使*。

藍閱山問了一個自己一直想弄明白的問題：「楚阿姨，我只想知道，為何妳一直不告訴楚浮，我母親跟妳是相識的？」

楚阿姨環顧陽台，確認周圍沒有其他人，才微笑一下，問道：「妳媽已告訴妳，關於她過去的事了吧？」藍閱山點一下頭，楚阿姨繼續說道：「這就是最大的原因了。因為，我們必須嚴守這個秘密，知情的人愈少愈好，所有有半點關聯的事情也必須斷掉。無論是過去，抑或在以後，儘量不要留下任何線索。」

「楚阿姨，我母親何時告訴妳這件事？」

「我參與了整件事。」楚阿姨笑笑，「當時，妳媽想做那個手術，可惜她不夠錢。我便借了足夠的錢給她作手術費，更陪伴她到手術室門前。因為，我倆是最好的朋友。」

藍閱山恍然大悟，她想起硬皮相簿裏每一張照片，她完全認不出相裏的母親，她問：「她是自覺樣貌太平凡，所以才決定做那個手術嗎？」

「不，不是這樣。」楚阿姨卻出乎意料地搖搖頭，「女人不會單單為了樣貌平凡而動那種手術。」

「那麼，她是為了——？」

「她只是深深愛上了妳的父親。」她說：「女人只會在自己真正深愛的男人面前，才會覺得自己平凡，才會自慚形穢得不惜一切去改變自己。」

藍閱山聽得一陣愕然。

楚阿姨彷彿作出一句結語：「所以，把自己變得美麗，是吸引他的法則。」

藍閱山苦笑一下，「但……那值得嗎？」

楚阿姨透過落地玻璃望向會場內，遙望着藍閱山的父母，他們正在舞池內翩翩起舞，恍如一對童話故事裏的王子和公主。她說：「無論，這個世界如何轉變，只有一個法則永恒不變，那就是——俊男一定配美女。」

藍閱山也怔怔看着把頭依偎在父親肩膊上、在他耳邊喁喁細語的母親，兩人甜蜜地

（作者註：楚浮和任天堂的故事，收錄在《我的專屬天使》一書中）

相視而笑。他們好像置身在一個水晶音樂盒內，隨着悠揚的音樂起舞，身邊一切都與他們無關，是絲毫不受外界騷擾的一對璧人。

這大概也可解釋到，為何兩人結婚這麼多年，感情還是一樣要好。

她怔然說：「我母親真的深愛着我父親。」

「那是毫無疑問的。」楚阿姨說：「她為了得到一生人最想得到的，也付出了一生人最大的代價，誰又忍心批判她一句呢？」

「可是，她要在最愛的男人面前，永遠戴着面具做人吧？」

楚阿姨搖了搖頭，笑說：「沒有，她只是在最愛的男人面前，化了一個永遠不用卸妝的妝容而已。」

*****

晚上的時候，藍閱山溫習着沒什麼難度的測驗，思潮卻一直起伏不定，使她無法集中精神。

終於，她合上了筆記，走到樓下的廚房，弄了一個杯麵，挨在廚櫥前站着便吃。她不期然回想起離家出走的那一晚，她飢寒交逼地佇立在便利店內。

她忽然非常懷念那一刻，非常懷念那個可憐的自己。

那種慘況，逼使她更清楚自己需要什麼。

那一刻的藍閱山，只是急切地想找到世界上另一個藍閱山而已，其他一切也沒有多想。

她又回想起自己赤裸身子睡在他的牀上，連她也無法辨別，她之所以那樣做，到底是否一種有意無意間的誘惑，又抑或是想測試這個男人的忠誠度。她心裏知道自己實在沒有必要那樣做，可是，當她決定那樣做，而他又順利通過測試後，她竟又對他有一種另眼相看的佩服。

她咬着麵條，不知道自己為何要刻意想起藍閱山，他這個人樣子既不俊朗，學業成績又差，更欠缺幽默風趣的口才。只是像一條在海面載沉載浮的木頭，抱住他雖不至於會溺死，卻又兩頭不到岸。在她所唸的 Band 1 學校裏，要找一個俊朗、有學識的，或口甜舌滑的男生，甚至乎是三者俱備的，確實也是唾手可得。可是，正因為太易得到，她反而覺得不值一提。

唯獨，當她想起藍閱山時，她會覺得自己像個傻瓜。她喜歡可以取笑自己是個傻瓜的那個自己，那種前所未有的感受。

可是，她也時刻牢牢提醒自己，自己畢竟不是他想要的。如果，她最終只能成為他喜歡的另一個女孩的替身，那麼，她寧願什麼也不要。

因為，如果他跟她在一起，他心裏卻會勾起對另一個女孩的印象和思念，有着獨佔欲的她，會連一次也無法容忍！

終於，她匆匆地吃完杯麵，決心不要再想起那晚的事，也不要再想起他這個人。

她一轉念，想到原本生得相貌平凡的母親，為了得到喜歡的男人注意，毅然地改變了自己的面貌。一想至此，她便感到母親的堅定完全超乎她的想像，教她衷心地佩服。

她不禁幻想，假如換作是她，她會不會這樣做？她相信自己無論有多喜歡一個男人，也只會掉頭而去，然後哄騙一下自己，說世上好男人多的是，何必要為一個人作出那麼巨大的犧牲？

當她準備返回睡房，走過父親的影音室時，聽見裏面傳出樂聲，她敲門進內，父親正坐在那一堆大大小小的名貴擴音器前，聽着經典金曲《Memory》。

這套音響組合的音色實在太完美，聽着如泣如訴的歌聲，她竟也一陣心酸。

父親把音樂聲收細，對她說：「山山，妳還沒睡啊？」

「要睡了。」她把雙手插在睡袍的口袋，站在門前說：「謝謝你讓我買了那幅油畫。」

「只要妳喜歡。」他說：「能做點善事，我也很高興。」

藍閱山微笑一下，忽然聽到自己問：「爸，你愛我媽媽嗎？」

父親有點奇怪她這樣問，但他以認真的語氣說：「我當然愛她啊！」

「因為她是一個美麗的女人啊？」

「不。」

她看着父親，等他說下去。

「美麗的女人滿街都是，她只是其中一個罷了。」父親說：「我喜歡妳媽的原因是——」

是什麼呢？藍閱山實在太想知道答案，是急不及待想知道答案！

「我有預感。」

「預感？」

「我一直有一個奇妙的預感，有一天，她變老了、變醜了，我還是會一樣深愛她。」

然後，父親露出一個溢滿了幸福的笑容。

聽到這話，藍閱山一顆懸在半空的心，好像安全急降在地上的航機，讓她滿心安穩。

她忽然極為羨慕母親。因為，母親真的爭取到她想要的幸福。

那是，女人最想要的畢生幸福。

2

一個暑氣沖天的課後時間，阿閱被足以燙傷皮膚的豔陽嚇怕了，一刻也無法逗留在街上，他去了一家按小時收費的漫畫租售店，偷偷看着肥波介紹給他的那些「很黃很暴力」的漫畫。

手機發出接收到訊息的鈴聲，他隨手拿起一看，整張臉頃刻變得煞白。

阿閱，抱歉啦，我先走一步了！

事實上，我的病情一早便已惡化，自知生命已到尾聲，我也不想再增添家裏的負擔，所以，早已放棄了治療。可是，每次見到你，我還是不忍告訴你真相。每次跟你同桌吃飯，你總是遷就着我，挑一些我能吃的餸菜，我既感動又幸福。我這段無聊的人生不是很長，但有了你這個有情義的好朋友，也總算是此生無憾了！

你不用回覆這個訊息，因為我已經不在了。你要對我說什麼，我們做兄弟的也已心領神會。對了，請你一定要好好活下去，代替我多看這個世界幾眼。記得多做運動，令自己的身體健壯一點。以大哥你這副尊容，太美麗的女人就儘量少碰吧。遇上好女孩的話，則千萬不要錯過，早日結婚生孩子也沒問題，這種搬石頭砸自己的腳的傻事，男人總得做一次。

最後，阿閱啊，若是不嫌麻煩，在大時大節探望一下我爸媽，提醒他們不要忘記我這個兒子，儘量宣揚我的優點和美德，缺點輕輕帶過就好了。

再見了！阿閱！你慢慢來，我會等你。我期待着我們在另一個世界繼續吃喝玩樂，荒淫無度！

肥波絕筆

阿閱彷彿刻意拖慢行程似的，選擇乘搭車程最長、繞路最多的巴士去醫院，他把頭一直貼在車窗前，路面顛簸，讓他額角一直撞在玻璃上，但他恍如毫無知覺。

接到訊息後，他真的愣了很久很久，好像隔了整個世紀的時間，他才回過神來，致電到肥波的手機。肥波媽媽接聽電話，她哭哭啼啼地說：「肥波去了……他留了一份東西給你。」他證實了那不是肥波泡製的無聊玩笑，縱然萬般不想面對，還得要去醫院一趟。

抵達醫院時，肥波的遺體已被送往停屍間。肥波媽媽問阿閱要不要去見肥波最後一面，阿閱木然地搖了搖頭。

肥波媽媽明白他的心情，非常體諒地說：「你們真是非常要好的朋友，肥波哽下最後一口氣之前，忙着的只是發訊息給你。」

阿閱鼻酸得好像給人迎面揍了一拳，想不到，竟要由肥波媽媽反過來安慰他。

肥波患病已有好一段日子，所以，他媽媽一早已作好最壞的心理準備，到永別的時刻終於來臨時，她反而有種如釋重負的感覺，也替終於擺脱病魔折磨的兒子而感到點點安慰吧。

後來，肥波媽媽要先隨醫院的工作人員離去，商討有關後事的安排，只剩下阿閱呆坐在走廊的長椅上，手裏捧着肥波留給他的一個大膠袋。他一直默默地、雙目盯着膠袋，卻不敢打開它。

就在此時，一陣急促的腳步聲打破了沉默，他抬起頭看，有點不相信自己雙眼，藍閱山正在長廊的盡頭跑過來。她穿一身素白衣服，讓她看起來像個落入凡間的天使。

藍閱山走到他面前，牢牢地看他一眼，恍如有點安心地坐到他身邊。她側着臉看他，溫和地問：「你沒事吧？」

「我沒事。」他說：「肥波也沒事了，不用辛苦撐下去，可以得到解脫了。」

她沉默的點一下頭。

阿閱勉強撐起一點精神，問她為何會來，他不相信那是心靈感應。

「肥波的媽媽想找你，在肥波的手機通訊錄裏找到『藍閱山』，誤會了是你的手機號碼，所以打了給我。」

他更覺奇怪，「肥波怎會有妳的電話號碼？」

「是那次我們三人去酒吧，你去替我買可樂的時候，」她告訴他：「肥波對我說：『我知道，萬一你倆真的走在一起，一定會波折重重。』於是，他問我取了手機號碼，跟我說：『如果你倆出了什麼事，身為中間人的我，便能夠替你們牽線搭橋，你們也就可以復合了。』想不到的是，我第一次接到他的來電……卻是聽到了壞消息。」

阿閱知道了內情，只覺感動不已，他挖苦地說：「肥波真是……一頭多管閒事的豬！」他記起手裏捧着肥波留給他的東西，打開膠袋一看，裏面是肥波最愛的長鏡頭單鏡反光相機，還有一枝小小的 USB 手指。

兩人離開醫院，阿閱走進一家網吧裏，找了個隱敝的廂座，把 USB 放進電腦插槽裏，一同看看肥波留了什麼給他。

當他打開檔案，面前的影像卻令他發呆。

只見一幅接一幅，全部都是女孩子的走光照，有些是街上宣傳商品的 Sexy 女模特兒，有些則是從自動扶手電梯底、商場的高層、沙灘等地方拍攝，所有焦點都放在女孩的胸部或內褲，說要多色情便有多色情！

阿閱默默地看着眼前恍如無窮無盡的走光照，此時的他，卻連一點慾念也沒有，他心裏勾起昔日跟肥波相處的種種片段，讓他悲哀地失笑。

「這個死肥波，一生人都在搞什麼啊？」他生氣地罵道。

坐在他身邊的藍閱山，看着望着電腦屏幕強忍淚光的他，可以深切地感覺到他的心情。

她輕輕把手疊在他握着滑鼠的手背上，他一直沒縮開。

兩人走到街上，天色已轉暗，暑氣消散，微風徐徐地吹送。他們彼此都感受到那種不小心重聚卻又沒藉口不分離的依依不捨。

就在阿閲要向她道別時，她卻首先開口：「答應我好嗎？」

他不明所以地看着她。

「你一定要學會反抗。」

「嗯？」

「你聽過有國家想滅絕外來信仰的方法嗎？」她說：「政府要是想揪出異教徒，便會要求人民一個一個用腳踐踏聖像，誰要是不服從，就會得出很可怕的後果。」

她的聲音頓了頓，續說下去：「所以，為了保護自己，有時候，你要不惜埋沒良心，甚至傷害別人。」

阿閲靜默地看她，明白她為何要給他這個忠告，這也是他唯一有能力答允她的事了。

他用力點點頭說：「好，我答應妳了……但妳也要答應我一件事，好嗎？」

藍閱山沒說話，凝視着他，示意他說下去。

「妳一定得學會接受。」

「嗯？」

他嚴肅的說：「無論妳的樣子變成怎樣，妳仍舊是妳，妳是『藍閱山』，沒有人能奪走真正的妳。」

「我是嗎？」

「那是一個，在鏡子裏照不出來的妳。」

藍閱山咬一咬牙，「好，我也答應你了。」

兩人凝視着對方，彼此流過一陣靜默。他終於像個男人般率先開口：「好了，我要走了，再見。」

藍閱山點點頭，突然記起什麼，從手袋裏拿出一件東西，是她一直沒收了的藍閱山身分證，她把身分證遞到他跟前，他伸手想接過，她卻緊緊抓住不放。

她緊握着半邊身分證，對他說：「我始終弄不清楚，當日你為何會來看跳樓自殺不遂的我。」

「凡事不可解釋，就稱做緣分。」他的手指加一把勁，但還是掙不脫她。

「真的不能告訴我嗎？」

阿閱神秘一笑，「不可以，那是我人生中最大的秘密。」

「嗯，那沒關係。」

她失望地鬆開手，他取回身分證，垂頭看看相中那副木訥表情的自己。他很高興不必再用銀包內那張彩色的影印假身分證了。

他再度抬起頭，跟她說：「但是，我很願意跟妳分享一件妳不知道的事。」

他把為何來找她的一切前因後果，全都告訴了藍閱山。她聽完，一臉的震憾，久久才定過神來，驚異地笑了，「原來是這樣啊？真的啊？」

「真的啊！」他用力點點頭。

「這樣說來，你不來看我，真是太對不起我了！」

「對吧？」阿閱朝着她苦笑，「所以，妳應該明白了，對我來說，妳是多麼的重要！」

兩人臉上展現着笑容，在最愉快的氣氛下道別，慢慢地循着彼此的反方向離去。

藍閱山終於知道，自己是命中注定要碰上藍閱山。她忽然有種感覺，她得到了新生，她笑着笑着忽然就哭起來了。她覺得自己真夠無聊。她面對自己那張忽然變得陌生的樣貌時，她沒有哭過；她從天台跳下卻死不掉時，她沒有哭過。可是，此刻的她，卻無緣無故地痛哭。

但也因為她哭了，她始終無法回頭看他一眼。

阿閱背向她走了幾步，回頭默默地看她，那是他畢生看過最美麗的背影。他拿出肥波送他的長鏡頭相機，一直拍攝她的背影。

那是她在他生命中留下的最後一刻。

不知因何，他淚流滿面，連相機的取景器都看不清了。眼前的她，也活像海市蜃樓，顯得一點也不真實。

我希望你是各種不同的毒品，
用一種名叫「思念」的針筒，
不停注射進我體內。

由於毒性太強，
也無法分解，
你至死也要成為我身體的
一部分……

第 10 章

刻意讓你
叨光的喜悅

每個人都應當擁有秘密，
更有責任守護着這不可告人
的秘密。

把最終的隱秘帶進棺材，
是唯一令自己死能瞑目
的方法……

1

離別藍閱山以後，阿閱經歷了一件莫名奇妙的事，但那是不可告人的天大秘密，誰也不可能知道。

有一天，阿閱一大清早便返抵學校，他發覺時間尚早，又打算延至響起上課鐘聲的一刻才走進課室，儘可能避開班上的同學。

本來，他想走進食物部躲一躲，但一想到那次女生用破玻璃瓶刺傷男生的血淋淋畫面，他就怕怕了，不太想踏進去案發現場。

最後，他在附近的麵包店買了早點，走到學校對面的小公園。他慶幸這天看不見同校的學生，讓他感到輕鬆自在。

吃過早餐，他走到公園內的卵石徑上散步。在草叢之間，他遠遠瞧見有個同班的男生，坐在對面小徑的長椅上，就是那個坐在他後面、用圓規刺他的男生……他坐在那裏，不，正確來説，他是像一座比薩斜塔般橫卧在那裏，神情一片迷惘。

阿閱一下就看出，男生剛吃下不少迷幻藥，那大概是他的早餐吧。

藍閱山看了兩眼，便若無其事地繼續散步。在這家 Band 3 學校磨得久了，他知道任何人也不應該多管閒事，最好對一切漠不關心。實情是，他遇過幾次有學生向他兜售那些藥物，他都斷言拒絕了。他的想法倒也單純可愛，不是怕傷了身體，只是自知一試後便必定上癮，自己的零用錢根本負擔不來，最後只會踏上歪路了吧。

由於不想自找麻煩。所以，他從來沒試過抽煙或吸毒，對他來説，那些都是奢侈品。

阿閱在卵石徑上來回走了幾趟，覺得腳底像被火烤，便穿回鞋襪準備離開。當他再次站起身，無意間往草叢中看了一眼，只見一個中年男人正扶着剛才那個男生，把腳步浮浮的他半拖半拉地帶進男廁內。男人不斷鬼鬼祟祟地四周張望，只是看不見草叢後面的阿閱。

阿閱真的很想欺騙自己：兩人該是相識的吧。但他看到男生的書包仍留在長椅上，他無法自欺欺人。

他大概猜得出男廁內即將發生何事，但他也想到，那男生在自作孽啊。他希望自己可以直走出公園門口，但他終究受不了自己見死不救，他把心一橫堅決地回頭，加快腳步衝進男廁內。

男廁內四下無人，只有在最盡頭的那廁格是關了門，藍閱山隨手拿起擺放在洗手盆旁邊的拖把，無聲無息地走到廁格門前，使勁一腳把木門踢開，只見那中年男人正在脱男生的校褲，他的褲子已褪到膝蓋，全身軟弱無力的男生被男人從後掩着嘴巴，連呼叫的力度也沒有，眼看就要被侵犯了。

阿閱握着長柄，一股勁的把拖把的拖頭猛砸向男人的腦袋，讓慌惶失措的他完全失去反抗能力，連忙逃出廁所。阿閱還想追出去繼續打，此時，已有幾分清醒的男生發出微弱的叫聲：「不要追！」

他看看逃之夭夭的男人，又看看瑟縮在廁格裏的男生，這才停下腳步，隨手將拖把拋到地上去。

男生又驚又怕地整理校服，對親眼看到他受辱的阿閱說：「剛才的事，你不會說出去吧？」

阿閱平靜地搖搖頭，「當然不會，你也是受害人。」

男生一臉厲色地瞪着他，惡言相向：「如果說出去，你會被整得超慘！」

「我還不夠慘嗎？」

他苦笑一下，感覺已克盡了應做的己任，也就不再理會男生，快步踏出男廁。

當天，阿閱全日也沒有遭到同學的任何突襲，一直平安無事，反而讓向來習慣處處提防的他，行徑看來格外古怪。下課後，他步步為營地走下樓梯，當一群同班同學經過他身邊時，連一眼也沒瞧上他，也沒有故意絆他的腳，他甚至不習慣得有一種奇怪的感覺——失望。

翌日早上，阿閱依舊待至最後一刻才走進課室，黑板上的紅色大字卻叫他吃驚。

他看到黑板上寫了昨天那個男生的名字，後面寫上一句：

「兩脅插刀？義字當頭？上世紀看英雄片太多，遺留下來的低能兒啊！」

在他看着黑板發呆之際，Colour 走過藍閱山身邊，在他耳邊低聲說：「藍閱山，你這次走運了！他昨天怎也不肯用圓規招呼你，已成為我們全班的公敵！現在，就只差你還未加入！」她怪異地笑一笑，把一樣東西塞進他手心裏。

過了一會，男生也回來了，他看到黑板上的紅色大字，只是默默拿起粉刷刷掉它，然後垂着頭，回到自己的座位上。

小息時間，阿閱一直站在課室外的走廊上看風景，根本不願留在課室。這時候，男生步出來，與他擦身而過的一刻，快速說了一句：「無論他們叫你做什麼，你就照做吧，讓我來代替你！」然後笑笑走開了。

阿閱終於對一切恍然大悟。

他返回課室內，發現班上一眾男女生正用熱切期待的目光望向他，他避開了眾人目光，他不屑與這群惡魔同行。可是，突然之間，他想起了藍閱山的話：「你一定要學會反抗……為了保護自己，有時候，你要不惜埋沒良心，甚至傷害別人。」他記得自己答應了她，必要時……他會埋沒自己。

就在善和惡的一念之差，阿閱冷冰冰地走到那男生的座位前，打開他剛放下的書包，把Colour給他的那樣東西——一盒圖釘，一把的倒了進去。然後，他若無其事的返回自己座位裏。

上課的時候，藍閱山身後傳出一聲慘叫。老師問那男生發生何事，只見男生手心上深深地插了兩顆銀色的圖釘。

男生臉上卻露出抱歉的表情，說：「哎啊，是我太不小心了。」老師叫他馬上去醫療室處理傷口。

全班學生的臉上，不約而同露出成功捉弄到共同敵人的輕佻笑容。

這就是他們理想中的校園生活。

＊＊＊＊＊

午飯時分，阿�獨自步出學校，一群男女生在他身後喚住他，大家說：「藍閱山，一起去吃飯啊！」他們皆露出真摯友善的笑臉，絲毫沒有過去與他為敵的跡象。

阿閱笑笑，便加入他們的行列，眾人邊談邊走，他彷彿得到解脫似的，輕笑了起來。

就在那天晚上，阿閱有過無數次的衝動，他想找藍閱山，告訴她他經歷了的這些莫名奇妙的事。但他牢牢記得自己答應過藍母的話。

如果這個理由還不夠充分，那麼，他經歷的事涉及其他同學一些不可告人的秘密，這個藉口真夠理直氣壯了吧？

於是，他叫自己心息，打消了要找她的念頭。

2

跟阿閱道別後，藍閱山活得很好，她真的很想找一個機會，告訴他她有了這個轉變。她希望他替她高興一下，而這種高興之中，還有刻意讓他叨光的成分。

一個早上，她走上學校天台曬太陽，撞見了陸本木。陸本木依然在吃同款的咖喱海鮮杯麵，他又興奮地走過來與她攀談。

「你又來幹什麼？勸我不要跳樓嗎？」她沒好氣地看他，「你再靠過來，我也許真會再興起那個念頭。」

陸本木把身子背靠在欄杆上，與她相隔着三四個人的距離，笑着說：「不用擔心啦，我只是忍不住要上前稱讚妳罷了。」

「你會說好話嗎？」

「我感覺到，妳的磁場不同了！」

「我又不是讀物理科，怎會明白你的話啊？」

「換個簡單的說法，妳彷彿比以前更吸引了，不再是那個拒人千里的冷臉美人。」

陸本木認真地說：「感覺非常正面，我可不是騙妳的！」

她瞄他一眼，「你不是打算追求我吧？」

「不啦！」他馬上搖頭擺腦地澄清，露齒而笑地說：「更何況，我已經有一個要好的女朋友了，她也很漂亮啊！」

「是嗎？那就好好愛她啊！」

陸本木又一次露出驚訝的神色，說：「我還以為妳會說：『男人總是貪得無厭！就算女友多漂亮，也會找個更漂亮的！』」

藍閱山搖搖頭，「漂亮並非全部。你喜歡她，不一定是因為她的外貌。」

「對啊，她身材也超好！」陸本木興奮地說。

藍閱山不作聲，回頭凝望眼前的風景，不想理會陸本木的無聊笑話。縱使如此，連她也感覺到，自己的確比從前受歡迎了，親近她的人也愈來愈多，也不一定是因為喜歡或追求，更近乎友情。

事實上，她一直不覺得自己有刻意去改變什麼，但同學跟她的關係，卻在不知不覺間變得融洽了。她沒弄懂那是怎麼一回事，經陸本木一說，她開始在想，是不是真的如他所說，她的磁場改變了？

回到課室，任天堂正興致勃勃地相約大家BBQ，這一次，他主動邀請她出席，她沒有多加考慮，便表現出「有何不可？」的態度而答應了。

想不到的是，大伙兒浩浩盪盪地抵達由任天堂安排的那個戶外燒烤場，卻發現全場爆滿。看到才剛築起燒烤爐的其他食客，大家知道這天的活動大概要被逼取消了。

藍閱山看看大家手上拿着一大堆燒烤包和炭，突然想起父親曾經帶她去過附近一個隱蔽的燒烤地點，她致電向父親查詢，原來那是一個私人會所，父親跟會所的負責人交代一聲，負責人慷慨借出部分場地給他們。

藍閱山把好消息告訴任天堂，一臉頹喪的他馬上精靈起來，對大家宣布這個好消息，顯得無精打采的一群同學，立即歡呼起來。

大家隨即轉移陣地，走到那個背山面海的私人燒烤場。

一眾同學做夢也想不到能免費享用如此美好的場地，各人歡天喜地。任天堂嚷着要成為這裏的會員，但當他知道入會費竟高達七位數字時，只得靜靜地繼續烤香腸。

吃到一半的時候，任天堂拿着一隻雞翼走到藍閱山身邊，跟她說：「這一隻雞全翼燒得最好，我請妳吃。」

大伙兒取笑他，「人家是校花啊，怎會吃雞全翼那樣沒儀態啊？」

任天堂這才恍然大悟，當他正想轉身再為她燒一塊豬扒時，藍閱山卻喚住他，取過他手上的紙碟，連膠叉也不用，一手便拿起碟上的雞全翼，張口大嚼起來。

大家看得發呆，因為，誰也沒看過這樣的校花。

燒烤活動告一段落，女生們圍在一旁聊天，執拾工作則主要由男生們負責。百無聊賴的藍閱山卻毫不介懷地幫了一把，更不怕骯髒地主動把垃圾放進垃圾箱，讓各人面面相覷，誰也不敢相信自己的眼睛。

＊＊＊＊＊

自那次 BBQ 後，各同學似乎對藍閱山更友善，她也逐漸在各人面前放鬆自己。

有一次下課後，她在學校附近的商場閒逛，碰見在「格仔店」內走出來的任天堂，他堅持要請她吃下午茶，她也無所謂地答應了。

當她呷着紅豆冰時，任天堂看着她，正色地說：「藍閱山，妳知道嗎，這陣子，妳跟以前簡直判若兩人啊！」

藍閱山想起陸本木的話，不禁自嘲一下：「是我的磁場不同了嗎？」

「對啊，正正就是這樣！妳形容得真好！」他瞪大雙眼，認真地問：「妳去做了磁力共振嗎？」

藍閱山給他的話逗笑了，當她整個人輕鬆下來，才覺得眼前這個綽號「全宇宙的朋友」的任天堂，說話真的好好笑。

「老實說，我以前也覺得妳很可惡。」任天堂一邊咬着薯條，一邊說：「可是，最近妳不知不覺變得順眼了……怎說好呢，妳一向是個不會關懷別人、只須等待別人來恭維的美女。因為，大家總覺得美女實在沒必要如此親和，所以，只要妳稍為表現得親切一點，大家便覺得妳並非遙不可及，覺得受寵若驚了吧！」

「我不是美女啊。」

任天堂翻白眼，他想一想，興奮地說：

「對了，我終於想到怎去形容妳了！那就是——『一個肯釋出善意的美女』，簡直如像救贖世人的天使！」

藍閱山聽到這話，只是苦笑不語。無人願意相信，她真的不是一個美女。

當任天堂吃完那碟波浪形的薯條後，他拍拍雙手，想起一件事，「對啊，雖然妳常常說，妳那次是故意跳樓，但其實，那只是意外吧？」

「當然，是意外。」

「以後要小心一點啦！」他寬心地笑起來，「我們一群同學，早知妳只是逞強，但不要緊，每個人在生命中總有大意的時刻，不用感到尷尬啦，我有幾次闖紅燈時也差點給車撞倒！」

「那麼，你也要小心一點，我可不想在有生之年，見到你上天堂。」

「妳真的太溫柔了，更開始懂得關心別人。」任天堂半玩開笑半認真地說：「換作是以前的妳，大概會冷冷地拋下一句：『任天堂，你也要小心一點，因為你會下地獄！』」

藍閱山又被他逗笑了，她笑着問：「對啊，你跟楚浮怎樣了？」

「沒什麼啊。」他臉上滿是遺憾地說：「我倆已經分手了。」

藍閱山搖搖頭，「但我知道，你倆仍在一起啊！」她朝神情一愣的任天堂微笑。

*****

那個晚上，藍閲山想念藍閲山。

她希望能夠告訴他，與他分別後，她一直也活得好好的。她真的想找個機會，或者只是一個藉口，讓自己可以告訴他，她有什麼轉變——她變回那個自視平凡的自己——無論過了多久，她依然希望他可以分享她的喜悅，替她高興一下。而這種高興之中，依然有着刻意讓他叨光的成分。

可是，她畢竟沒有這樣做。

她說不出真正的原因，但她終究勸止了那個衝動的自己。

3

跟同學們「恢復邦交」之後，阿閲的校園生活一下子由地獄「升呢」到天堂。

假期時，同學還會邀請他一起參與大伙兒的活動。有一晚，大家相約去唱「K Buffet」，阿閲跟 Colour 出去大堂取食物，剛好遇上侍應捧來一盤生蠔，排在兩人前頭的那個男人，把一整盤十多隻的生蠔全夾到餐碟上，半隻也不留給其他食客。

他光火起來，用足以讓男人聽見的聲量問 Colour：「妳有法子一人吃完一盤生蠔嗎？」

他身旁的 Colour 說：「不可能吧？我會拉肚子拉個半死！」

阿閲說：「妳怕拉肚子拉死啊？我只怕折墮而死吧！」

兩人一唱一和地對話，讓那個一雙手捧着兩個餐碟的男人轉頭怒視他們。阿閲理直氣壯地挺起胸膛，冷淡地說：「這位先生，請問你拿完了沒有？」

忽然之間，排在藍閱山身後，早已看不過眼的食客們也忍不住搭腔：「對啊，後面還有人在排隊呢！」另一把男聲響起：「先生，你兩手拿滿了吧？你還有第三隻手嗎？」一個女人則說：「拿夠便走啦，瞪什麼！你一個打十個？」後面的人開始鼓噪，男人給群眾壓力逼得敢怒不敢言，只得狼狽而逃。

兩人一同捧着滿碟刺生回K房，Colour 在走廊上說：「嘿，想不到你剛才那麼勇猛啊！」

「是那個男人太過分啊！」他憤憤不平地說：「我也沒想那麼多，只覺得不吐不快！」

「你真有男子氣概！」

「不啦，你看看我在學校被欺負，有沒有反抗過？」

「你赤手空拳對着數十枝機關槍，可以怎樣反抗？那只能叫慷慨就義！」

Colour 側着臉看他一眼，一張臉滿是歉疚地說：「我不會忘記，你是為了我才弄成這樣……如今想來，原來你一直都是那麼勇猛！」

阿閱給她讚得很不好意思，惟有取笑自己，「這麼說，我大可以加入『港男競選』的『猛男組』囉！」

這時，有人客從狹窄的走廊迎面走來，Colour 只得將身子靠近他的肩膊。她彷彿漫不經意地說：「我真想報答你啊！」

藍閱山心跳一下，他看看 Colour，發現 Colour 也正看着他，他馬上把視線移開，低頭看着她手上的碟子，隨口地說：「那就送我一塊三文魚刺身吧，好像很美味！」

Colour 笑了笑，「嘿，你真是一個可愛的猛男！」

玩了一個晚上，跟大家道別後，阿閱獨自漫步回家，走過一家文具店時，看見一個小男孩正蹲在門外的扭蛋機前看得入迷，他身旁站着一身殘舊衣服的母親，不耐煩地催促他離去。

小男孩嚷着要扭蛋機內的七彩彈彈球，那個母親看見要投進一個十元硬幣，便皺了皺眉頭，拉着小男孩離開。小男孩邊走邊哭起來，做母親的也狠下心腸不理會他。

阿閱把這一切看在眼裏，默默地跟在這對母子身後。當兩人停在斑馬線的紅燈前，母親忙着留意駛過的車子時，他走到小男孩身邊，向小男孩攤開手掌。他手心裏有個美麗的彩球，是他剛剛扭出來的。

他把手向男孩伸前一點，對他微笑。哭啼着的小男孩望一望他，便怔怔地從他手上接過彩球。

當轉了綠燈，母親拉着小男孩便走，阿閱把雙手插進外套口袋裏，小男孩不停的回頭看他。

小男孩破泣為笑，一張臉恍如陰雲間透現的陽光。

＊＊＊＊＊

回家路上，阿閱發現自己就像不需要引擎推動的太陽能電動車。

他的一切反應都是出於自然的，他一方面被逼傷害別人，另一方面又自願幫助其他人。他的性格是那麼的忠奸不分，可是，他卻自覺取得了一種善與惡的平衡。

他發現，在這個世界上，既有好人，也有壞人。但為數最多的，應該就是他這種人：不算真正的好人，也不算真正的壞人的普通人。

殺人犯也有親人，
如果他是一個對親人很好
的殺人犯，
親人仍會視他為一個好人。

這是從哪個觀點與角度出發
的問題，
誰都無法做到真正的持平。

正如我把過去的自己殺掉了，
但我逐漸覺得已得到自己
的寬恕……

最終回

是妳令我
死而復生

以前的我，
總認為要遇上一個人，
是關乎機率的問題。

原來，
我一直想歪了，
問題不在於機率，
甚至連問題本身也不存在吧。

當你要遇上一個人，
你一定會遇上那個人……

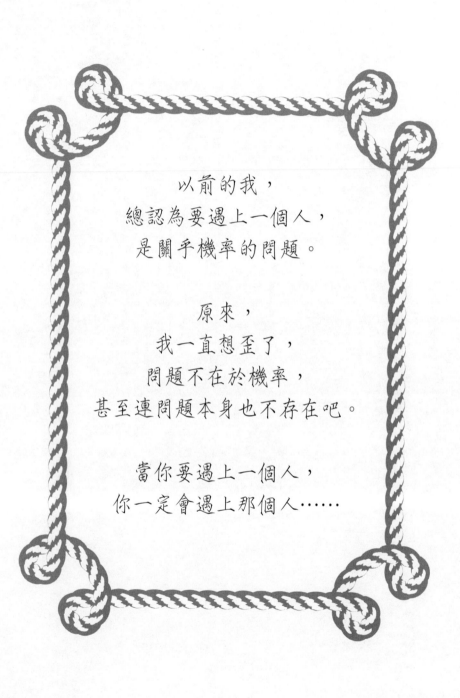

1

半年後。

在一個萬里無雲的晴天，剛滿十八歲的藍閱山去換領成人身分證。

面對政府部門慢條斯理的工作效率，他已經一早做足準備，帶了三本漫畫去看。當故事逐漸進入緊湊高潮時，職員卻喊了他的名字，他連忙走到所屬編號的櫃台，一屁股的坐下。

職員看了看他的臉，冷淡地說：「先生，這不是你的身分證。」

藍閱山奇怪地問：「但你們剛喊了我的名字。」

「藍閱山是一位小姐。」

藍閱山的心臟忽然猛跳起來，他是做足了心理準備，才緩緩地轉過身。只見藍閱山已站在他身後，她一身運動裝束，拿着一個大大的旅行袋。

她微笑望着他說道：「先生，你想搶走我的身分證嗎？」

他渾忘自己也可以笑，只是怔怔的站起來，讓座給她。他腦海裏一片空白，好不容易才騰出一個應對的笑話：「我想替職員檢查視力啊！」

這個時候，有另一個職員喊了藍閱山的名字和櫃台號碼，藍閱山笑着說：「恐怕這只證明你的聽覺有問題啊！」

「對啊，我唱得太多K了，幻聽。」他看看那個相隔老遠的櫃台，只得跟她說：「呃，我去拿身分證。」

兩人交換一個笑容，藍閱山這就走開了。當他從職員手中接過新的身分證，再站起來時，已發現她不見了。他在入境處繞了一圈，尋尋覓覓，就是找不着她的蹤影。

他真懷疑自己剛才的只是幻覺，可是，她看起來卻是如此真實。

當他正要失望地離去，藍閱山的聲音從身後傳過來：「你在找我嗎？」

藍閱山無比驚喜地轉身，看着確實存在於眼前的她，「妳去哪裏了？」

她神秘地笑，「也許，我想測試一下你會否去找我。」

「真笨，給妳發現了。」

兩人靜默地凝視着對方，兩秒鐘後，藍閱山首先垂低頭，「我遺失了身分證，所以，要來補領。」她從旅行袋內拿出新的身分證，「交換來看看。」

藍閱山也把自己的成人身分證拿出來，兩人像交換禮物似的接過對方手上的身分證。

藍閱山看藍閱山的身分證，照片上的她，露出有如太陽般熱力逼人的笑容，讓人看得心曠神怡。

藍閱山看藍閱山的身分證，照片上的他一副傻頭傻腦的笑臉，他大概真的不是一個喜歡拍照的人，竟然笑得像哭喪着臉似的。但她就是不停地看着，彷彿想用眼睛把他的樣子掃瞄到腦內，連他看着自己也不自覺。

他按耐不住，終於開口問：「妳不是想扣留它吧？再一次地。」他心裏卻有這個希望。

兩人最後把身分證交回對方手上。

她讚歎似的說：「你終於變了成人！」

「妳把我說得像變形金鋼啊！」他抓抓頭皮說：「我只是自然而然地長大成人。」

「說得也是。」她笑一下，笑自己的大驚小怪。

她想起他在兒童身分證上的模樣，又再看看他的成人身分證，她覺得自己好像已認識了他一輩子。

兩人一同坐升降機離開，藍閱山忽然想起一件事，他把手機遞到她面前，給她看看手機的桌面照片，「對啊，給妳看看我的新女友。」

她看看手機屏幕，那是藍閱山和一個女孩子頭貼着頭的合照，他說：「她叫Colour。」

「她很漂亮。」

「現在的手機，化妝技術太倡明了吧！」

「給你女友聽到這些話，你就倒霉了！」

兩人走到入境處門口時，藍閱山問：「要不要找個地方坐坐？由我請客吧，就當是慶祝你的成人禮。」

「抱歉啊，我要『交人』了！」藍閱山看看手錶，沒法不說老實話：「我一早已約了女友，她正在等我。」

「那麼……沒關係吧。」藍閱山說：「有機會再約。」

「嗯。」他凝視着她，「那麼，再見囉。」

「再見。」

兩人就這樣道別，分道揚鑣之後，藍閱山把雙手插進牛仔褲袋內，他嘆氣地笑，抱怨時間是那麼的不巧，但他又認命地感恩，他是那麼幸運地再遇上藍閱山，她看來依舊是如此亮麗動人，更給他一種難以形容的全新感覺。

「藍——閱——山！」

他聽到一把急切的聲音在呼喊，他轉過身來，只見藍閱山已衝到他面前，她把旅行袋隨手擲在地上，上前大力抱着他。她用兩臂抱着他，像一隻愛尤加利樹的樹熊似的將他緊緊地摟抱着。這讓把雙手放在褲袋內的他，一時來不及作出相同的回應。

「藍閱山，謝謝你。」她在他耳邊說。

「嗯？」

「假如沒有你的出現，不會有現在的我。」

「我年紀比妳還小，絕對不可能是妳的親生爸爸啊！」

藍閱山用手輕輕捶打藍閱山的背，藍閱山笑了。

她的聲音充滿感情地說：「我怎麼能忘記你呢？每次有人喚我的名字，我都要想你一遍！」

「我也一樣，討厭死了！」他雙眼霍地通紅起來。

藍閱山放開了藍閱山，看着他的雙眼問：「但你不會打算改名吧？」

藍閲山靜默一刻，終於聳聳肩，用最溫煦的笑容說：「不會，絕對不會改，我太喜歡這個名字了，刻進墓碑上也要用這個名字。」

2

穿着一身運動服的藍閲山，在健身中心做着各種舒展筋骨的運動。她經過拳擊區時，看見那個吊起的沙包，忽然想起藍閲山曾經說過，如果她是一棵仙人掌，他就是一個有感受的沙包。

她走過去，舉腳用力踢那個沙包，踢得砰砰有聲。她全身大汗淋漓，臉上卻一直泛着笑意。

當她站在跑步機上，在電子熒幕上設定半小時的跑步模式時，一個在她旁邊那部跑步機上慢步的男人開口說：「小姐，請問——」

藍閱山側着頭，看看那個練得一身肌肉的男人，他有一張煞是好看的俊臉。她摘下一邊無線籃芽耳筒，那個健美先生向她展露有魅力的笑容，「小姐，妳的計時手錶款式很特別，在哪裏買的？」

「我男朋友送給我的，我不知道在哪裏買。」藍閱山不耐煩，但保持基本禮貌地說：「抱歉，假如沒什麼重要事，我想繼續聽歌做運動。」

健美先生神情非常尴尬，「沒什麼了，妳繼續。」

藍閱山冷淡地笑笑，重新戴上耳筒，在跑步機上按下「Start」鍵，然後，她慢慢地向前跑……她要追回墮後的自己。……

＊＊＊＊＊

跟 Colour 約會完了，藍閱山獨自回家。

一路上，他回想着藍閱山的一切，臉上一直掛着會心微笑。

兩個名字也叫「藍閱山」的人居然相識了呢，那真是一場可一不可再的奇遇。

就是那天，天上也像今天一樣萬里無雲，藍閱山佇立在學校天台的邊沿，俯視着幾層樓下的操場，他知道，只消幾秒鐘時間，這段總是被欺凌的慘痛人生便會告一段落。

當他下定決心，便拿出手機，要把一則早已寫好的短訊傳給肥波。

可是，當他每次傳出，熒幕上總出現「訊息未發出，稍後再試」那幾個字，他的手機用了很久，也跌過幾次，不知是否哪裏失靈了。

他實在無計可施，也不能直接致電肥波，對他親口說出自己的遺言吧，只得把自殺計劃延遲一天。

翌日，當他正坐在一家手機維修中心內，等待師傅替他修理手機時，肥波忽然來電，一開口便大呼小叫：「藍閱山，你為何要跳樓啊？」

他聽到這句話，大大嚇了一跳。他滿以為那個短訊已傳出去了，幾乎從椅上跌下來。

後來，肥波笑着告訴他關於報紙的報道，他連忙翻閱報紙，在港聞版內頁找到小小的一角，才知道有一個跟他同名同姓但不同性別的女生「藍閱山」，昨天從學校天台掉下來，卻奇蹟地不死，只是身體多處骨折。

他倒抽一口涼氣，心裏不禁在想，如果他昨天跳樓了，恐怕沒有她那般幸運了吧？一想到跌個粉身碎骨的自己，他不期然覺得自己逃過了一劫，也替那個命不該絕的藍閱山而擔憂。

後來，他找到那個藍閱山留醫的醫院。他捧着一束鮮花，在詢問處問了藍閱山所住的病房。由他口中說出自己的名字，感覺其實相當怪異。

他好像成了一個幽靈，要分身探望卧病在牀的自己。

他從私家病房門上的小窗往內看，發現房間裏沒有其他訪客，便大着膽子推門而入。

他一步一步地走近牀邊，悄悄凝視着那個躺在牀上、閉起雙眼的女生。讓他感到驚訝的是，她擁有恍如散發着光輝的一臉素顏。

窗外的陽光從窗紗透進來，映照着她尖長得不成比例的眼睫毛。她真像個睡公主，而他，竟有一刻巴望自己是一個可以吻醒她的王子。

他心裏不禁想，這個女子是代替他死了。

又或者說，是她令他死而復生。

這就是，藍閱山去看藍閱山的真正原因。

*****

晚上時分，藍閱山開啟書桌上的電腦，向擺放在電腦旁的仙人掌灑了少量清水，準備做功課。

他記得，藍閱山曾經說過，她是一棵帶刺的仙人掌，他卻發現，仙人掌雖然全身長滿尖刺，讓人不能接近它，但其實它也有優點，就是可以吸收輻射，保護眼睛。

他把藍閱山的身分證拿出來細看，那是兩人離別後，他從外套口袋裏發現的，大概是她在擁抱他時偷偷放進去。那是一張舊的身分證，看來她是假裝遺失了身分證，然後換過一張新的。

他非常輕易便明白她這樣做的原因。

舊身分證照片上的她依然是如此美麗，卻板起臉孔，連一絲笑容也沒有。到了這一刻，他忽然明白為什麼當日再見到她時，會有那種難以形容的全新感覺——她笑多了，而且，是發自真心的笑容。

他把藍閱山送他的身分證放入錢包內，與他的身分證相疊着。

然後，他抬起雙眼，電腦因一陣子沒操作而轉換成保護熒幕圖片，那是一個未能對焦而拍得矇矓的女子身影。

他隨手按一按鍵盤，熒幕馬上變回 Colour 與他合照的桌面圖片。他溫暖地微笑起來，抖擻起精神，繼續做功課，繼續他無聊的人生。

後記

我們都沒有
把真面目示人

《永遠記住 你的名字》想說的，是一個尋找自己、繼而面對自己的故事。

正當大家也不明白這位美麗的女主角藍閱山，性格何以一直這樣陰沉憤怒，當真相揭開，卻是一宗聳人聽聞的悲劇！我總覺得：無論在身體上或心靈上，每個人必然都有一定程度的秘密。將自己完全坦露於人前，是一件需要極大勇氣和安全感的事。所以，我很高興替女版的藍閱山，找到了男版的藍閱山。也由於那個男的性格真夠單純，甚至接近愚昧，總覺得被整個世界辜負了的她，性情才能漸趨緩和，也不再跟整個世界抗衡。

當然，我不會厚此薄彼。關於另一個男主角藍閱山，也是我一直想說的故事。我尤其喜歡他在 Band 3 學校所遭遇那些既荒唐又可怖的經歷。某程度上，我描述的其實是我自己的親身經歷。我也試過拒絕跟一大伙既無聊又討厭的同學們狼狽為奸，最後卻淪為被眾人杯葛欺淩的對象。也因此，那種孤立無援，一個人吃力抵抗整個世界的感受，我比誰都清楚不過。（我承認，我也像男主角一樣，萌生過尋死的念頭）在許多年後的今天，仍猶有餘悸。

也因此，我相信自己有資格安慰跟我有同樣遭遇的朋友們：會過去的，一切都會過去的！就算這些壞事在當時無法解決，但它們不會伴隨你一世，那些欺淩遲早會停止，只要好好忍耐一下，再多忍耐一下，熬過了那些苦日子，一切就會變好！況且，有過這些經歷，也會為你的人生閱歷增值不少。

我特別喜歡書中的一句話：「為了保護自己，有時候，你要不惜埋沒良心，甚至傷害別人。」過去，我總希望做一些利己又不傷人的事情。最後，我終於覺悟了：原來只要你活着，就會對人構成傷害。舉例你考到第一名，其他同學就只能淪為第二名。又或，你跟一個深愛的人在一起，就會把另一個競爭者擯出這段感情關係以外……所以，我看通一件事：損人不利己的事不宜做，損人利己卻尚可接受。因為傷害幾乎是無時無刻地存在，誰也避不了。這就是到最後，男主角決定在同學的書包裏放圖釘的原因了。

現實是殘酷無情的，活在現實的大家，最好愈早知道愈好，對不對？

永遠記住你的名字

作　　　者：梁望峯
責 任 編 輯：鄭樂婷
文 稿 協 力：林碧琪 Key
美術及封面設計：BeHi The Scene
封 面 插 畫：Daisy
出　　　版：明窗出版社
發　　　行：明報出版社有限公司
香港柴灣嘉業街 18 號
明報工業中心 A 座 15 樓
電　　　話：2595 3215
傳　　　真：2898 2646
網　　　址：http://books.mingpao.com/
電 子 郵 箱：mpp@mingpao.com
版　　　次：二〇一八年四月初版
I S B N：978-988-8445-59-2
承　　　印：美雅印刷製本有限公司